唯有爱与勇气
让你前行

在北欧，遇见自己遇见你

〔瑞典〕罗敷
（Tintin Tian Sverredal）
作品

SPM 南方出版传媒·广东人民出版社
· 广州 ·

图书在版编目（CIP）数据

唯有爱与勇气让你前行：在北欧，遇见自己遇见你 / 罗敷著 .—广州：广东人民出版社，2020.1

ISBN 978-7-218-13801-5

Ⅰ . ①唯… Ⅱ . ①罗… Ⅲ . ①长篇小说—中国—当代 . Ⅳ . ① I247.5

中国版本图书馆 CIP 数据核字 (2019) 第 188811 号

WEIYOU AI YU YONGQI RANGNI QIANXING: ZAI BEI'OU, YUJIAN ZIJI YUJIAN NI

唯有爱与勇气让你前行：在北欧，遇见自己遇见你

罗敷（Tintin Tian Sverredal） 著

出版人：肖风华

策划编辑：郑　薇

责任编辑：郑　薇　赵瑞艳　李丹红

责任技编：周　杰　吴彦斌

插图：王彦迪

出版发行：广东人民出版社

地址：广州市海珠区新港西路 204 号 2 号楼（邮政编码：510300）

电话：（020）85716809（总编室）

传真：（020）85716872

网址：http://www.gdpph.com

印刷：广东鹏腾宇文化创新有限公司

开本：889 毫米 ×1194 毫米 1/32

印张：8.5　字数：135 千

版次：2020 年 1 月第 1 版

印次：2020 年 1 月第 1 次印刷

定价：45.00 元

如发现印装质量问题，影响阅读，请与出版社（020—85716849）联系调换。

售书热线：（020）85716826

谨以此书献给我的母亲

人物关系表

林冬夏：卡莱的女朋友，严丽卿的大学知己。

卡莱：瑞典人，单亲家庭，父亲早逝。

严丽卿：林冬夏的大学好友，和瑞典丈夫安德士育有两个混血儿子。

半夏：瑞典语名露易丝，被瑞典夫妇收养的中国孤儿。

可可：在瑞典的中国留学生。

老板娘：中文名慧竹。可可男友维克多的母亲，瑞典第二代中国移民。

弗洛克：瑞典人。汉学教授，喜欢汉学诗词，被人称作阿呆教授。

海归青年：严丽卿在国内认识的海归。

大阿姐：林冬夏在监狱里结识的忘年交。

林春：林冬夏的姐姐，年长冬夏十来岁。

维克多：中文名李文正，海外出生的华裔。老板娘的儿子，可可的男朋友。

韩春燕与赵瑞阳：移民瑞典的母子。

多宝：为了身份在瑞典黑下来的中国富二代。从小移民瑞典的华裔赵瑞阳的小跟班。

家伟：林春的发小，后来成为她的丈夫。

少少：严丽卿和前夫的女儿。

贝贝：林冬夏的姐姐春和家伟的女儿，一直由冬夏的母亲抚养长大。

艾娃：瑞典人。卡莱的母亲。

克里斯汀娜：瑞典人。卡莱未成年的妹妹。

爱丽丝：瑞典人。克里斯汀娜的朋友和同龄人。母亲是狂热的异教徒。

娘喜儿十六世：林冬夏和卡莱收养的狗。

庆有余十六世：林冬夏和卡莱收养的猫。

有一个夜晚我烧毁了所有的记忆，

从此我的梦就透明了；

有一个早晨我扔掉了所有的昨天，

从此我的脚步就轻盈了。

——题记

目录

楔 子

自古老的黑森王朝以来，一直由海神波塞冬守护的北欧城市哥德堡，无论是 18 世纪中叶哥德堡号商船频繁与东亚贸易往来的名气，还是第二次世界大战以后一跃成为受人瞩目的现代工业要塞，作为坐落在瑞典西约特兰省波罗的海入口处的第二大海港城市，当地人无不认为此城的好运气是受了深水静流的约塔河旁边大教堂的庇护。因此，如果出生的洗礼和归去的葬礼因名额有限，无法在大教堂举行，那么，人生中最值得在个人回忆录中书写一把的婚礼，是无论如何也要在此处举行的。

眼下，一对刚刚在教堂神父的主持下庄严地宣誓过、交换过戒指的新人，正手拉手神采飞扬地从大教堂走出来，接受亲朋好友和路人象征着多子多孙、繁衍不息的撒新米的祝福。

不远处，年纪约莫双十八年华的中国女人林冬夏，和她的男友——瑞典青年卡莱，与这温馨的画面显得分外不协调。先前为了追无意抛落在河里的小熊钥匙，两人刚刚一路随波逐流，狼狈地从约塔河边沿着救生河堤的台阶爬上来。

看见浑身湿漉漉、拎着鞋子的两人，尤其是穿红色小礼裙的冬夏，发米的人犹豫了一下，还是将米钵递了过来。两人欢快地抓了两把米，赤脚踩着教堂前的石子地面，加入祝福的行列。新米雪花般从天空撒落，看着笑靥如花的新人，卡莱用提鞋的手碰了碰冬夏："旁边这位，别怪我没提醒你啊，穿红裙出现在婚礼上的，通常都是新郎的前女友。"

"啊，你，你故意的是不？为什么不早告诉我？"冬夏脸一红，看向四周，仿佛此刻在场的人都在有意无意地打量自己，顿时尴尬起来，生气要走。这眉宇间转瞬即逝的似怒未怒的表情，倒忽然让卡莱想起在许多年前的中国，他和冬夏初相识领结婚证时的情景。那时那刻，也是这样光华明亮的晌午，心上人也是这般怒而未怒的表情。他心一动，暗暗十指交叉扣住冬夏的手："如果那时的结婚算数，那咱俩可也算是十年的老夫老妻了吧？"

"谁跟你老夫老妻。"冬夏转身要走，心里却也暗暗一惊。

十年！十年了吗？韶华难留，红了樱桃绿了芭蕉。弹指一挥，可不是十年了。

再回头，仿佛时间一晃，当年的她、卡莱、严丽卿，又站在十年前的广场，又回到那个光华明亮领假结婚证的晌午……

走出民政局大门，丽卿、冬夏和卡莱同时转身看看背后挂着庄严国徽的大楼，三个人都如释重负地吁了一口气。

丽卿在北欧生活多年，身材高挑，又常年锻炼，举手投足，风格打扮，早已是一番海外作派。下了台阶，她将两个红本本翻了翻："吓死我了！刚才生怕那办事的小姑娘不给你俩发证。合法夫妻了啊！"

说罢，又将手中的红本本朝两人晃一晃："这下冬夏申请签证就容易多了。这个我先收着。"

说罢，郑重其事地将两张结婚证搁进包里，随即从淡紫色的MULBERRY钱包里取出一张卡，递到卡莱手中："这是二十万！两年后冬夏居留卡到手，再付你另外一半。记住：想要钱的话就少给我节外生枝。"

彼时和冬夏登记假结婚的就是瑞典人卡莱，二十来岁，个子高高的，早年高中毕业间隔年时在中国留学过两年。金发卷卷，配上湛蓝的眼睛，算得上容颜俊美，可这些年自我放逐的生活已经将这上帝赋予的好身胚掏得差不多了，一件黑色针织大毛衣穿在身上晃晃荡荡。年纪轻轻，留着一脸大络腮胡子，看起来比实际年龄足足老了二十岁。

卡莱直接用两个手指夹住卡，带着惯有的嬉皮士意味，举起来，看着冬夏："两年之内上床么？上床打五折。"

冬夏眼神空洞地看着他。丽卿一声不吭，横在两人中间，冲他的裆部比了个剪刀手。

"OK！OK！问问还不行吗？"卡莱做举手投降状，将一个皱皱巴巴的信封从裤兜里掏出来递给丽卿。信封里装着他在瑞典公寓居住的地址和房门钥匙。

这天也是冬夏出狱以来的第一个生日。

丽卿专门为她订了个火焰蛋糕，寓意浴火重生。作为丽卿在大学唯一的知己，冬夏在丽卿心中有着至高无上的地位。这些年在海外打拼，看透人情世故，尝尽算计和背叛，大学时代的友情便愈发显得珍贵。

经过几年的牢狱生活，出狱不久的冬夏已经与这个时代隔绝得太久。曾经大学宿舍里精灵可爱的"七仙女"，受此重创，人憔悴，心智也在监狱封闭的环境里倒退不少，说话做事不懂掂量，直来直去，得罪了不少人，连她妈妈都对她怨气连连。

出狱一年多，她不愿回家，一直一个人借住在城中村外婆留下的写着大大的"拆"字、风雨飘摇的民房里，亲戚朋友们一律不见。她找了份送外卖的工作，每天骑着电动车，城里到处转转，下班后在人群里走走，倒爱上了这份久违的人间烟火气。虽是一个人住，闹铃也定了起床号，每日依然严格按照监狱中的时间作息。

忧心忡忡的母亲，不放心地隔三岔五过来，隔着院子门看看。按女儿的大学本科学历、学士学位，本来已经动用自己的老关系给她联系好了办公室的工作，她不去，非要骑个破电动车送外卖。送外卖又经常跑错路晚点被人投诉，有几次差点被脾气大的客户将晚送的外卖扣到她头上。

母亲看着她梦游一般的精神状态，焦虑万分。幸亏这时女儿昔日的好友严丽卿出现，母亲像抓住一根稻草一样，拿出先到手的一部分拆迁费，乞求丽卿将女儿带出国。

如今，眼看一切几近办妥，丽卿大大松了口气，三人找了一个咖啡馆庆祝。

看着蛋糕上的火焰蜡烛燃尽，丽卿将信封放在冬夏手里，眼里露着欣喜："生日礼物哦！林冬夏同学！开启生活新篇章！"

冬夏略带惊讶地接过信封："我这就能出国了？"——从监狱里放

出来后，大家都不自主地拿有色眼镜看她，这惹得冬夏自我保护意识更强，动不动就要跟人吵起来。周围的人事和环境与她极度水火不相容，她也想早早逃离。

丽卿春风得意，为自己的能力感到骄傲，啜一口咖啡道："那是！不过，你首先要感谢你的母上大人，帮你出了这笔钱！"

"我妈？这钱是我妈出的？"冬夏闻言立刻站起来，美丽的眼睛里瞬间充满了惊异和失望，转而，她变得气急败坏："严丽卿，你为什么要拿我妈的钱！我以为是你的！难道你怕我以后不还你吗？你讨厌！讨厌！讨厌！你尽做让我讨厌的事！"

"林冬夏，你干吗！坐下！不要那么任性幼稚好不好！我不欠你的！根本没人欠你的！出狱一整年，你看看你，送个外卖都送不好，简直跟个废人一样，你还有什么资格挑三拣四，这样那样地要求别人！我告诉你，我已经是放下我的生意，搭上时间、金钱和精力来帮你的好不好！"

"废人？对，我就是废人！严丽卿，你总算像所有人一样，揭下令人恶心的假面具，讲了一句人话！我告诉你，我不会要她的钱，我也不要你帮我，我也不会出国！我根本就讨厌假！结！婚！"两人激烈的争吵，吸引了所有人的注意。

"看什么啊，我是废人，刚出狱，好看吗？"林冬夏愤怒地看着大家，推开众人，脸色铁青地走了出去。

全程冷眼旁观的卡莱没想到冬夏这么有个性，他眼里流露出欣赏的目光，哈哈大笑，边鼓掌边道："喔哦！酷！我喜欢！"冬夏不同于一般中国姑娘的个性给他留下了莫名的好感。他端起啤酒杯，和冬夏远去的背影干杯，一饮而尽。

丽卿后悔刚才的冲动，她闭闭眼睛，整理整理情绪，端起桌上的咖啡喝了一口，追了出去。

三天后，冬夏和卡莱去民政局办了离婚手续。

半年后，丽卿用自己在瑞典的诊所和所有财产作担保，为冬夏申请了去瑞典的工作签证。

上
卷

01

听海诊所

飒 飒 落 雪

时 间 流 逝

午 夜 空 寂 静

"如果说爱情就是打通关，在这通关的路上一定有打不完的妖怪，钱啦，闺蜜啦，价值观啦，生活目标啦，闲花野草啦，林林总总。要说这里面最难打的妖怪，那一定是前任。客观地跟你讲，每一个前任都是一个恶魔一般的存在。尤其前任是初恋那种。"

丽卿捋捋干练的短发，招呼客人坐下。她曾有的几段恋爱都是被对方的前任搅黄，所以对所有的前任简直是深恶痛绝。

一幢建造于 20 世纪 50 年代的老别墅与海对岸的瑞典哥德堡市区相望，她的心理诊所就坐落在郊外岛上的这栋别墅里。没钱人在市郊买公寓，有钱人在岛上买别墅；没钱人开车，有钱人买船。不过，在瑞典这个贫富差距极小的上帝的后花园，钱多税多，穷也穷不到哪儿去，富也富不到哪儿去。丽卿的别墅，完全算是捡漏。要不是当年正值语言老师悲痛欲绝、不肯再看见房子触景生情，自己又能一次性拿出全款买下房子，岛上的别墅，就凭她今时今日的实力，也是万万拿不下的。看看周围深居简出、下班回来就在花园里劳作的邻居们，丽卿没有贷款、一次性买房的大手笔算是破格，因此她的行为也时常收敛，注意衣服不要穿得太扎眼，名牌包包也要低调到大家都认不出才好，这样才得以避免在每三个月举办一次的邻里乡亲烧烤派对上，给信奉简约主义生活信条的邻居们留下暴发户的错觉。前些年从国内带过来的皮草，她初来乍到不

岛上别墅

知轻重，第一个冬天出街穿了一次，引得街上行人纷纷侧目，回到家就赶忙脱下，压了箱底好多年，前年春天大扫除时终于忍痛割爱，捐去了红十字会二手店。

过简单生活是一种能力，丽卿觉得自己在这种能力的修炼上还须向邻居们学习，上下求索。

"有句话怎么说来着？有花园的人家永远也不会失业。草该修修啦。"看见在厨房里煮咖啡的丽卿，住在园子后的邻居奶奶遛狗路过，隔着栅栏和她打招呼。丽卿笑笑点点头，从打开的窗户里冲奶奶比了个OK 的手势。

看着远去的邻居奶奶和狗，环顾四周，丽卿对现在的生活状态感到无比满意。

当年大学一毕业就拿到世界五百强的外企职位，心气高又漂亮犀利的丽卿正准备摩拳擦掌在白领界打出一番天地的关头，却不想父亲忽然查出绝症，大笔的医疗费瞬间像座冰山一样向这个本来就经济窘迫的普通职工家庭压来。情急之下，与母亲同在一个纺织厂工作的热心同事介绍丽卿认识了一个想找大学生结婚、家里开玩具厂的富二代。

初中毕业的富二代对美丽高挑又高学历的丽卿一见钟情，答应一旦求婚成功，马上可以帮丽卿支付父亲的所有医疗费用。母亲苦苦哀求丽卿答应富二代的求婚，救自己的父亲一命。

看着性命岌岌可危、躺在病床上的父亲和母亲的眼泪，弟弟死鱼般只知道干瞪着人、毫无主意的眼睛，丽卿一咬牙，卖身一般答应了富二代的求婚。因是这样的情形嫁过去，丽卿也没指望婆家高看自己，只求日子安稳，大家彼此相安无事就好。

　　婚后第二年，丽卿迫于婆婆的压力，不得不放弃出去工作的计划，虽非心甘情愿，也只得牛不喝水强摁头，在家当少夫人，为夫家传宗接代生儿子。无奈天不从人愿，夫家一心求子，生下的却是姑娘。丽卿老公起初稀罕大学生老婆，时间一久也就索然无味，从此更有理由在外面放纵。结果某次一夜情，却让当晚的两个女人同时怀孕，双双为自己生了儿子。婆婆乐得一人一套房相赠，嘱咐两个女人好好抚养自己的孙儿。

　　外面两个女人斗争不断，丽卿在夫家也是如履薄冰。父亲的病缠缠绵绵五年，最终还是撒手人寰。纠缠不清的争夺战中，两个女人中的一个终于认栽，放弃了儿子的抚养权，从富二代那里领了一大笔费用退出。另一个女人胜出。富二代有心扶正情妇，给丽卿开了个天价生活补偿费，要丽卿留下女儿走人。

　　过了五年炼狱般的婚姻生活，那些年，丽卿生活中唯一可信赖和可以慰藉的朋友，就是大学时的同窗好友冬夏。丽卿虽当了阔太太，可除了吃穿不愁，每个月有固定的生活费外，她对夫家的金山银山难有支配的权利。婆婆扬言结婚时已经向丽卿娘家支付大笔援助，婚后拒绝继续"扶贫"："你嫁过来了，就应该把心放在这边，多为这个家着想。咱家可不养偷摸吃里扒外的老鼠。救急不救贫，这点道理你堂堂大学生终归知道的吧？"婆婆冷冷地看着她。忍气吞声的丽卿将女儿抱在怀里，闻言一转身上楼关了门。坐在偌大的屋里，看着冷冰冰的四壁，将女儿抱得更紧一点，仿佛在这陌生到令人窒息的家里，女儿才是那一点温暖的倚靠。

　　那几年，若不是冬夏如一缕阳光般的陪伴和劝解，以及每每紧急关头无论是友情还是金钱上毫无余力的帮助，丽卿真难以想象自己和自己的娘家，艰难的日子该如何挨过。

最后，在当时冬夏律师前男友的帮助下，丽卿的离婚补偿虽然缩了水，却争得了女儿的抚养权。女儿就是自己的一切。能有女儿陪在自己身边，即便离开那个没有爱的家庭，丽卿也比什么都知足。她发誓要给女儿一个美好的未来。

五年的婚姻和父亲的病、母亲的眼泪、弟弟的无用，让丽卿身心俱疲。她索性拿出补偿费中的五分之一作为自己和女儿的吃穿用度，两年时间什么也没干，就闷头恶补英语，最终备全高中三年所有成绩单、毕业证，大学四年所有成绩单、学历学位证，以雅思 7.5 的中高分，顺利申请进了瑞典哥德堡大学社会心理学专业。

留学期间，母亲提出可以将少少（丽卿女儿）放在国内由她来带。但丽卿咬了咬牙，坚持将女儿带在自己身边。一来女孩儿家娇弱，带在自己身边放心，二来母亲帮带付钱，免不了扯上其他七七八八的费用一起付，她不想跟家里再有任何纠缠不清的经济往来。搭上了五年的青春和自由，她觉得为这个家的付出，应该差不多了。

留学的日子苦中有甜，甜中有苦，然而异国生活终究让她开了眼界。一挨三年半学业完成，她顺利进入公司实习，卖力工作，认识了后来成为自己丈夫的主管安德士。对于这个三十好几仍未婚娶的理工男，丽卿对他简直是"手到擒来"，不费吹灰之力。认识不到半年就开始同居，一年后有了身孕，丽卿是有意怀之，却问安德士："我有了，你要这个孩子么？不要的话我就打掉了。"对于安德士这样一个闷骚的理工男来说，自然是一百个要。

小生命的到来，使两人飘忽不定的关系骤然变得紧密。安德士不再犹豫是否这么早就要向单身生活告别，退租了原先的小公寓，搬来岛上别墅和丽卿同居。

位于岛上的别墅是丽卿的。当年一到瑞典，语言班老师的父亲过世，岛上的别墅，老师正张罗着挂牌出售。丽卿一咬牙，做了一个重大决定：用几乎所有剩下的离婚补偿费，买下老师父亲在岛上的别墅。

大儿子埃里克出生之后两年，又有了小儿子埃克森，日子忙忙碌碌，一过就是十年。

福兮祸相依，祸兮福相随。人生就是这样，有几年自己倒霉，有几年冬夏遭殃。不过，现在都好起来了，一切都会过去！冬夏出狱，到了瑞典，一切都会好起来的。从前无助时，是丽卿常常抱着冬夏的肩膀掉眼泪。如今，生活反转，倒是丽卿成了冬夏的精神支柱。

"若不是冬夏，国内的那些年，自己恐怕已经自杀好几次了吧！"

北欧瑞典如画如诗的岛上别墅，从木质地板的露台上眺望大海，丽卿常常出神感叹。瑞典生活十余载，有了瑞典老公安德士，除了女儿又有了两个儿子，但她还是时常觉得孤单。

都说女儿是妈妈的小棉袄，可每次一通越洋电话，丽卿的母亲翻来覆去对她这个小棉袄就那一句话：你弟弟没出息，经济上你能多帮就多帮点！

丽卿弟弟大华，出生时宫内窒息缺氧大脑受损，外表看起来与常人无异，却是轻度低能。好歹混到初中毕业，顶替妈妈的班去纺织厂当了学徒工。三十好几的人，仗着城市户口，经人撮合和一个来城里打工的乡下妹子结了婚。丽卿妈妈却因为儿媳妇是乡下人，觉得是人家高攀了自家儿子，里里外外摆出城里婆婆架势，不给媳妇好脸色。好在媳妇老实，不大生是非。但一家人却几乎要时常靠丽卿经济支持过活。

丽卿和家里人说不上话，每次除了钱，似乎也没有别的话题。在异国虽然认识了不少朋友，可都是来来往往的点头之交。她奉行自己的做人信条：舒服地做自己，也把别人放在心上，但绝不会让别人来扰乱自己的生活节奏。因为有冬夏那般的知己珠玉在前，她对朋友的选择几近严苛。心中那间绿意掩映、木头雕花的窗棂上爬满紫藤花的客厅，是留给挚友冬夏的。只留给冬夏。

丽卿抿了一口咖啡，出神地看着海平面。几只海鸥起起落落，在高空平稳滑翔。

这座没有贷款的别墅属于婚前财产，丽卿个人对它拥有永久土地产权。两个大人三个孩子，安德士在爱立信做主管，一家人住在丽卿买的房子里，省了大笔开销。安德士主动承包了家里其他所有费用。

这样一来，丽卿生活没有负担，找工作全由着自己的爱好折腾，包早餐的客栈民宿生意做过，出租单间的生意也做过。瑞典工作难找，开公司倒容易。瑞典天黑得早，患抑郁症的人多，瞅准这个大有潜力的市场，一拿到心理学硕士学位，丽卿就将别墅迫不及待地一分为二，二楼独门独户，安置自己和安德士的卧室以及孩子们的房间。漂亮的开窗见海的客房，给了后面到来的冬夏。偌大的一楼，申请了执照，被改成了听海诊所。

早上开门，丽卿早早做好早餐，打发安德士和孩子们用过早餐，上班的上班，上学的上学。都走了之后，她静下来。

拧开收音机，收听新闻，为自己煮好咖啡，招呼按预约来的客户坐下，刚准备好好和这个在恋情中被男友的前任折磨得六神无主的瑞典胖女孩谈谈爱情扑朔迷离的走势，就接到警局打来的电话，告诉她由她担保来的冬夏出事了，须她立刻前往警局走一趟。

丽卿不由自主地皱皱眉头。自从一年多前她担保冬夏来瑞典，这个大学同窗好友简直让她操碎了心。做事想一出是一出，一点不着边际，意识行为简直比自己十二岁的女儿少少还幼稚。刚来工作没几天，竟然偷偷跟诊所客户中一个比自己小十几岁、患抑郁症的瑞典男孩私奔，最后两人都没钱了，才灰溜溜地回来。这还没稳定几天，在警察局又整出事儿来了。

丽卿心烦意乱又忐忑不安地收拾东西，给自己轻轻喷上香奈儿5号香水。她记得大学时代的冬夏不是这样的，那时的冬夏精灵可爱，美丽大方，是全系男生心目中的神仙佳人，一颦一笑都牵动着全系男生的心。当然，偌大的飞机制造系里统共也只有她和冬夏七个女生。家境优越的冬夏常带来驻国外领事馆工作的妈妈从各国带回的新鲜玩意儿分给她享用。这香奈儿5号，就是令她不断见世面的东西之一——冬夏妈妈从巴黎出差回来，带回来一瓶香奈儿5号！正装她妈妈自己用，小样赠品给了冬夏。两个小样，冬夏自己留了一瓶，给丽卿分了一瓶。从这瓶小样，丽卿就爱上了香奈儿5号的味道，一直到现在。虽然梳妆台上摆满了林林总总的世界大牌香水，但香奈儿5号始终是她的心头最爱。

也是在那最清贫的求学时代，大学四年，自打第二学期冬夏知道她的状况，就主动提出两人的生活费合在一起用，直到毕业。那时，冬夏的生活费是优越的一千元，而她，只有区区两百元。如果不是冬夏，恐怕她也像学校里的其他贫困生一样，难逃食不果腹，满城跑去当家教的命运。甚至毕业后，知道自己的难处和娘家的窘迫，冬夏还时常伸出援助之手，从工资里俭省出千儿八百的支援她以照应家里，几乎没间断过。所有这一切，丽卿始终在心里真挚地感谢着冬夏。

收拾好东西，很抱歉地出门。胖女孩站在花园台阶上，用绝望的、空洞无物的蓝眼睛瞪着她："我到底该怎么办？"

丽卿返身轻轻搂搂她一身颤悠悠的肥肉，一言难尽地说道："先减肥，好么？"

02

伤 口

寒 意 近
清 醒 无 眠 伴 枯 叶

到警局，才知道冬夏刺伤了卡莱。严丽卿晕了晕，差点没站稳。

从警局到医院，来回几趟折腾。冬夏已经被羁押，丽卿没空管她，赶紧赶去医院看卡莱。

见到卡莱的时候，他刚被从手术室里推出来。

刀伤在左肩胸肌处，已经做了止血缝合。他脸色苍白地被移出来，躺在病床上，麻药劲儿还没过去。

"他，没事吧？"丽卿试探地看着卡莱，小心翼翼地挨着床边坐下。

"目前很难说有没有危险，刀伤离心脏很近，病人有吸食大麻史，自身免疫系统脆弱。不过，目前看一切平稳。需要留在重症室观察。"将卡莱安置停当后，护士忧心忡忡又严肃地看着丽卿："您是他的……"

"哦，朋友。"丽卿急忙回答。

过了一会儿，这位护士拿着一张纸走进病房："方便吗？方便的话请试着联系一下，这是他家人的电话。"

纸上有卡莱的四个兄弟姐妹和他单身母亲的电话。丽卿走出病房，在大厅里先拨通他母亲的电话，没人接，又试着拨通四个兄弟姐妹的电话，每个人都以各种理由表示不方便来探望。最后一次，她又拨通卡莱母亲的电话，这次接通了，他母亲艾娃一听到丽卿的声音和卡莱的名字，骂了一句"FUCK"，"咣"一声挂断了电话，再打便是忙音。

丽卿无可奈何地走进病房，麻药未退的卡莱面色平静，头上的脏辫像一把捆扎起来的黄布大拖把。在大拖把的映衬下，越发显得一张脸瘦削立体得惊人。睡熟的他额头光洁，但满脸的络腮胡子使他看上去像一个年轻的小老头。卡莱忽然呻吟了一下，全身动了动，输着液体的手无意识地要往上抬。丽卿赶忙上前握住他的手。

这只手一碰着丽卿的手，像茫茫大海中溺水的人抓住了一根救命稻草，紧紧攥着，再不肯松开。他的手异常瘦削，微微发着抖。丽卿任由他抓住，慢慢抚摸他的整只胳膊，使他平静下来。

过了一会儿，卡莱慢慢醒过来，睁开眼睛，看见丽卿坐在床边。他有点惊讶，但立刻恢复了，带着惯有的嬉皮士的眼神和笑意，捏了捏丽卿的手，给了她一个促狭的飞吻："心疼了吧？怎么样，告诉你那个朋友，上个床，我不起诉她，一笔勾销？"说着隔着床单，挺了挺胯骨的位置。

丽卿不动声色，反手朝握在手里的卡莱的手一使劲，卡莱立刻疼得呲牙咧嘴地求饶。

十年前来瑞典留学，认识的第一个朋友就是卡莱。那时青涩的卡莱还是个高中生，路上遇到拖着行李箱、牵着女儿、初来乍到人生地不熟的丽卿问路。卡莱不仅给娘儿俩指了路，还好心帮她们拉行李，送到了临时暂住的酒店。后来丽卿得知排队的学生房要过两个月才能下来，一筹莫展。还是卡莱帮忙，让出自己租住的小屋，借给娘儿俩暂住，自己却东奔西跑，轮流睡遍了朋友们家两个月的沙发，才解了丽卿燃眉之急。

为此丽卿一直感怀在心。国内的大学难进易出，但国外的大学易进难出，高中三年，毕业时只要准备好三年来的成绩单和毕业证，就可以申请。当然，如果不想那么快上大学，也可以打打工，出去溜达几年，再回来申请也不迟。当初卡莱高中毕业的间隔年，就是由丽卿推荐，跑去中国学习汉语文化，游山玩水，待了两年。回来后才开始申请查尔莫斯大学的建筑学本硕连读专业攻读。谁知课程早早毕业了，这些年论文却一直耽误着，加上期间卡莱又认识了一些杂七杂八的朋友，染上大麻瘾，慢慢地荒废了自己。

认识这十年，丽卿也是有一搭没一搭地和他联系一下。自从得知他吸上大麻，丽卿对他屡劝不听之后，两人就不怎么来往了。不过，再怎么说，十年朋友成家人。丽卿和卡莱就是这样一种若有若无、乍暖还寒的关系。要不是此前丽卿兴起让冬夏和卡莱办假结婚的念头，两人除了圣诞和各自生日互相问候一下，几乎是没空见面的。谁想来了个冬夏，两人联系却一下多起来。

定案需要两个工作周，冬夏被暂时羁押在库姆拉监狱。

预约好探访时间，选一个周末，丽卿从哥德堡坐两个多小时火车到达额若布鲁，再从额若布鲁转乘巴士到十六公里处的库姆拉监狱探访冬夏。

"晕得嘞！丽卿姐生意还要不要做伐！"成天不在店里，临出门，雇来打杂的钟点工留学生上海姑娘可可冲丽卿这个不负责任的老板笑笑，目送她出门。

果然，一到羁押室，"短发小子"冬夏已经挪开狭小起居室里乱七八糟的报纸纸张，学着瑞典的生活方式煮好了咖啡，备了小甜饼等着丽卿的到来。

"怎么，他没死！！"冬夏吃惊地看着丽卿，"我看那小子就不顺眼！丽卿，你看着吧，我迟早弄死他。谁让他挑衅我！不行，我得再想办法！"冬夏一只脚撑在地上，一只脚踩在椅子上，腿抱在胸前，喝下一大口咖啡，坐在那里若有所思。

"冬夏，你别闹了好不好？七年监狱，蹲出个街头小霸王是不？就偷亲了你一下，多大点事儿，一巴掌呼过去就行了，至于真刀真枪杀人？噢，千辛万苦把你弄过来就为了让你搞这个？我都不知道你在监狱七年遇了些什么人，学了些什么本事。到现在说起话做起事来，都是打打杀杀的，一派江湖气息。"丽卿喝了一口咖啡，"要死啊！咖啡里加了多少糖？是喝咖啡还是奶昔？"

冬夏伸伸舌头，耸耸肩，笑得一派天真："哦，SORRY，糖加多了！甜点好！甜味素能治忧郁症。"

丽卿叹一口气，想起躺在医院里的卡莱，缓缓说道："总之那个卡莱，你讨厌他，远离就是了！四个兄弟姐妹四个不同的爹，说来也是可怜。听说他爸爸还是个小有名气的摇滚歌手，后来还来个自杀身亡。唉，大家都难着呢！你就别净成天给我整事儿了。你不是在监狱里跟一个太极一百零八代传人练过么？出来后，好好给我开班授徒。安安稳稳待到明年，拿了签证，你就可以回国探亲了。你那个太极一百零八代传人不是要出来了么？你不是嚷嚷着要去接她么？"

"成！"冬夏点点头，"不过，开班可能还欠点火候。师姐说她家太极传男不传女，所以她也没怎么学成。"

"我咋就知道你是这出呢！"丽卿跳起来，像训女儿一样训着昔日的同窗冬夏，"过两天我保你出来，保释金我给你记账上。哥德堡大学艺术设计专业，你的最爱，明年春季招生。你还有瑞典语（三），社会学和自然科学没过，赶紧去给我报 KOMVUX[①] 的秋季课程。报名后三门课加起来可以够拿 CSN[②] 助学金，如果不够，你还是可以从我这里借钱。这里大学不考试的，明年春天，无论如何你得给我滚去哥德堡大学报到！"

"行，我答应你！"冬夏若无其事地点点头。丽卿发现冬夏来瑞典这一年多，其他本事没学到，脸皮倒是厚了不少。而更令她惊异的就是冬夏这没心没肺的性格，到了瑞典竟分外受到欢迎！

"什么世道啊！"丽卿心情复杂地看着她。

"咦，你还不知道吧？以前跟你一块儿上语言学习班的那个 Candy，两周前跳楼自杀了。"一等说完自己的事，冬夏立刻向丽卿报告这个特大新闻。

"哪个 Candy？"

"就那个当初借了你三万块钱，到头来也没还你那个，我看你也别指着要回来了，为了儿子跟国内老公假离婚，跟一个瑞典酒鬼假结婚，婚内几次差点被强暴又不敢报案，中文名叫韩春燕的那个。"

"哦，韩春燕啊！"一个可怜兮兮，上课时总坐在教室最后一排打盹的女人形象浮现在丽卿脑海里。

十年前初来乍到时，丽卿上语言学校时认识了韩春燕，她是为了

① 是一个瑞典政府创建于 1968 年、针对不同文化程度成人设立的正规成人教育系统。现已成为新移民免费学习瑞典语、完成瑞典基础教育课程、为申请大学做准备，或尽快融入当地社会的必由之路。

② 瑞典语 Centrala Studiestödsnämnden 的简称，即学生学习期间可获得的学习补助。

十四岁的儿子假结婚到瑞典。因为白天要在寿司店做黑工，晚上来语言学校上课总是体力不支地打盹。当时班里只有丽卿和她是中国人，自然亲近。

认识的第二天，韩春燕就给丽卿看她胳膊上被同居的假结婚的瑞典酒鬼企图强暴时抓出的道道伤痕，连哭带说，引起丽卿深深的同情。那时不顾朋友的劝阻，丽卿不仅经常代她完成作业，还时不时借钱给她，结果林林总总借的钱累积下来也三万有余。从刚开始以各种借口拖着不还到中途退学消失，丽卿就再难联系上韩春燕。想想她那可怜兮兮的样子，丽卿只好认栽。

"听说两年前因为打骂孩子，被邻居举报，剥夺了孩子抚养权，儿子被送到一个瑞典家庭寄养。这两年她就啥事儿没干，一直在为这事投诉起诉。我一个朋友刚好是她起诉案的翻译。

这女人也是命背，男人的话哪敢信！说她不在的这几年，跟她假离婚的国内老公，还就弄假成真，在国内有了别的女人，重组了家庭，还生了孩子。这还不是重点，重点是她千辛万苦起诉要回来的儿子，竟然不愿跟她回去。再加上续签的五年期限到，申请永居的签证被拒签，人财尽失，又没拿到身份，才一时想不开，跳楼自杀。"冬夏滔滔不绝地说着。

丽卿被冬夏勾起了对于韩春燕的回忆，陷入深深的沉思。她记得最后一次和韩春燕见面，是在韩春燕家里给她庆祝生日。那天韩春燕心情不快，她好心去相陪，两人借酒消愁，中途却不想和韩春燕假结婚烂醉而回的无赖老公撞个正着。无赖看见漂亮的丽卿，借着酒劲就想上前动手动脚行非礼。撕扯当中吓得丽卿掏出手机要报警，却不想被韩春燕拦住，"扑通"一声跪在地上求她不要投警，说一报警她和儿子就完了。但受到极度惊吓的丽卿还是报了警。

那次事情虽然不了了之，却在警察局立了案，留了底子。想起来，焉知后来韩春燕的拒签是否跟此事有关？事后，虽然丽卿为韩春燕考虑，也为报警这件事后悔，觉得对不起她，但自己站在正义的一方，危险关头，谁不是拼命自保？

"人这一生，各有各的命，想一帆风顺到老，还真是不容易呢。"她想。

冬夏看看丽卿："所以啊，可怜之人必有可恨之处！你看着卡莱现在躺在医院没人管可怜？那是他自作孽不可活！谁让他犯贱！"

丽卿叹了口气，看着冬夏，没有说话。

女人真是一个生命力旺盛的物种！

这个冬夏，多年的牢狱生活摧残了她，但一缓过来，只要有足够的水和养分，她就又立刻东风掠过花枝头一般，婀婀娜娜地绽放出女人这个物种特有的灵动柔美的特质。一年多异国生活的浇灌，让这个丫头又成了一个水灵灵的美人，可她的心智！唉！

临走，丽卿和冬夏拥抱告别，心里想，这个已过了而立之年、心智又倒退到像个小孩一样天真的女人，什么时候才能真正长大呢？

站在窗口，目送丽卿走远，冬夏这时才从枕头底下摸出手机，那条短信再次跳出来："冬夏，你爸爸走了八年了，你还没打算给妈妈说一声对不起吗？贝贝你真的不打算再见了吗？"

冬夏合上手机，关灭了灯。

整个房子陷入黑暗之中。

冬夏靠在墙角，身子慢慢地滑下去。瘦弱的身体像一条鱼滑进大海一样，滑进了无边无尽的黑暗里。

03

应 聘

乌 云 涌 渐 深
远 灯 次 第 亮
三 月 黄 昏 里

扫码看实景

　　宽阔浩瀚的波罗的海经由雄伟的跨海大桥进入哥德堡内海口，就像是一个大大的酒皮囊，被这座桥扎了口，变得温驯起来，连和三四层冰山一般高、常来往于丹麦哥本哈根和哥德堡之间的巨型邮轮的推波助澜，也无法让它的海浪再变得沸腾。

　　市中心靠近水边歌剧院的林德浩门，是内港的终点。从终点出发，经由歌剧院、哥德堡3号古船停泊处、邮轮赌场，拐个弯，穿过两个街道，朝里走走，绕过大名鼎鼎的海鲜集转站鱼教堂，过了桥，就到了冬夏和可可此刻正在应聘的瑞典人民大学。

　　"一个人可以不聪明，但做事一定要专注，从长远看，那些容易成功的人，往往是做事贵在专注的人。"坐在相当于夜大性质的瑞典人民大学人力资源部门口，冬夏看到墙上"一万小时定律"的广告语，和坐在旁边与自己一起应聘汉语教师的可可感叹。

　　冬夏八零后，可可九零后，但可可无论是年龄相貌还是穿衣打扮，都比冬夏看起来老成持重。听到冬夏这样说，她点点头，轻柔地说道："冬夏姐说的这一点我绝对赞同。就比如你的瑞典语，我比你还先来一年，到现在你都考过级了，我还在努力呢！"

　　诚如可可所说，别看冬夏平时吊儿郎当，可真要认真起来刻苦钻研，连凡事从来不服输的丽卿都要输她一筹。就拿瑞典语来说，刚来前两年，冬夏只顾着玩，根本没把学习放心上，学什么都是三天打鱼两天晒网，瑞典语学了两年还在初级水平。可就在第三年的开春，也不知受了什么刺激，她忽然像开窍了似的，奋起直追，不单把瑞典语过了，还因为可以拿助学金的缘故，顺带把瑞典高中的课程全报名学了一遍。

在招聘网站看到汉语老师招聘启事，冬夏立刻准备好了 CV[①] 过来应聘。

这是一份兼职，只需要晚上教课，在丽卿那里的工作也不会受影响。在"以往工作经历"那一栏，她踌躇颇久，最后，在丽卿的建议下，填了"在监狱工作七年"。

"啊，姐姐在监狱工作过？姐姐以前是狱警吗？"可可不小心瞄到冬夏的工作经历，不由惊叹。

冬夏立刻涨红了脸，她下意识地卷起 CV，刚要张口，恰巧资源部的门打开，里面一位头发卷卷的中年瑞典女人走出来，通知可可进去复试。

可可站起身，冲冬夏做了个赢的手势，拿着精心制作的 CV，自信满满地走了进去。

电话初试结束后，来参加复试的，只有她、冬夏和另一个开了十几年餐馆的华人老板娘。

老板娘辛苦大半辈子，不愿再劳累，和老公一合计，将店转让。老公年纪大恋乡，三天两头回中国老家长住。儿子女儿都已长大成人，美国名校留学，无牵无挂。老板娘喜欢清静，不愿回老家去，自己一个人

---

① 求职简历 Curriculum Vitae 的缩写。

留在瑞典，出来打打工，全当社交。

三人里，可可学历最高，国际物流专业硕士最后一年在读。冬夏是大学本科学历。

虽然只是一个兼职工作，但也求之不易。可可暗暗在三个人之间做了个权衡。从刚才那个一脸悻悻然又假装无所谓地离去的老板娘脸色来看，估计没戏了，那么接下来，就是她和冬夏之间的二选一。

轮到冬夏，可可没走，在门外等她。

"您认为对于初学者，在学习一门新语言的时候，最重要的是什么？"

"如果您担任人民大学的汉语老师，您将用什么样的方法让您的学生尽快入门？"

"在监狱工作七年，您印象最深刻的是什么？"

对于最后一个问题，冬夏想了想，回答道："孤独！监狱里最深刻的印象就是孤独。你不许和别人私下交谈，别人也不许和你私下交谈。在孤独中，有人发疯，开始自残。但大多数人学会卑微讨好地活着。而只有少部分人，在孤独中学会和走失的自己久别重逢。"

看见主任若有所思的样子，冬夏顿了顿，说道："在监狱里我们每周有两次中国传统文化课，由我来担任老师。学生虽然都是犯错之人，却都很喜欢听我讲课。我也经常给大家念书读报。这种教与学的环境是特殊的，但也正因为这份特殊，让我对人生有了更多的反思。人生的很多东西，如果不是从兴趣中来，便是从教训中来。"

应聘结束，走到门口的时候，冬夏向后来成为她同事的这位主任反过来提了一个问题："您如何看待一个有罪之人？"

"瑞典有句谚语：我们每个人都是从孩子长大。我们不可能保证我们不犯错！重要的是不重复犯同样的错误。犯错与纠错的过程，就是一个成长的过程。"女主任隔着镜片，用湛蓝的眼睛温和地看着冬夏。

"谢谢您！"冬夏点点头，她深深地看了一眼主任，站起来和主任拥抱作别。

"怎么谈这么久？我的十来分钟就结束了，你们可谈了四十四分钟呢！"可可亲昵地挽着冬夏下楼，心里却七上八下地打鼓。

凭她丰富的求职经验，她隐约感到冬夏的胜算比自己更大。

上周的博士申请被拒，靠学习签证留下来短时间内是不可能的了。欧盟国家有意收紧留学生政策，美国那边又来个川普添堵，转战别的国家已非易事。一想到自己马上就要毕业了，如果毕业前还没有找到工作，可能就得打道回府，乖乖回国。

"可当初，千辛万苦出来留学，做普通职工的父母天天吃咸菜馒头把自己送出国，不就是指着出来留学的自己找一份体面的工作，争取留下出人头地的吗！"

此时此刻，她很想对冬夏说："把这次的求职机会留给我吧！你还有的是机会，可我找不到工作就得走人！"鼓了几次勇气，到底没有说出口。

冬夏全然没顾及到可可复杂的情绪，她还沉浸在刚才的面试里，回味着和主任的谈话。

有主任那样善解人意的同事，那可是再好不过了。

越在异国他乡待，她越喜欢这种孤身一人的安全感。谁和谁都不认识，人与人之间永远保持着恰当的距离。没有人关心她的过去、现在和将来。每个人都只需对自己负责，过好自己的生活。她满足地叹了口气，抬头看看月朗星稀的夜空。

"咦，你快看！北斗七星！我很多年都没有看见过了！以前还是小时候跟妈妈下乡参加基层工作时看见过！那儿！就那儿！"突然发现头顶夜空的北斗七星，让冬夏无比惊喜，她急忙指给可可看。

可可勉强抬头扫了一眼，松开她的手臂，整整书包说道："哦，明天还有考试，我还得先回学校再看会儿书。麻烦你告诉丽卿姐，明天我就不去打工了，考完试再去。"

告别了冬夏，可可没有去学校，而是沿着长长的安静的街道，满怀心事，慢腾腾地返回学校附近的学生公寓。父母那两张望女成凤、满怀希冀的脸又浮现出来，让她觉得生活是如此艰难。

路过一家比萨店，里面飘来比萨炉里面饼的香味。这对饥肠辘辘的她来说，无疑是一种折磨。她很想不顾一切地冲进去，买一个上面铺满瑞典森林蘑菇、土耳其烤肉，融化着厚厚奶酪的正宗意大利薄边比萨大朵快颐。她甚至已经听到了蘑菇和新鲜罗勒叶在刚出炉的烤肉上滋滋作响地跳舞的声音。可最终，她忍了忍，贪婪地深吸几口，加快步伐冲过了比萨店门口。

"给点钱，好心人给点钱。"一个吉普赛老年女乞丐盘坐在一条脏到看不清原色的土耳其地毯上，看见可可经过，可怜兮兮地向她摇摇手里的一次性纸杯。可可偷眼看看，纸杯里晃晃荡荡放着几枚硬币。

可可没来瑞典之前，就听说过瑞典难民多。中东国家战乱不断，欧洲接受难民，除了德国、法国，瑞典在北欧国家里算是接受难民最多的一个国家。瑞典纳税至上，唯独对于这些难民却是例外，不仅不交税，连吃穿住行都一应解决，完全按照国际难民政策，只是希翼帮助难民们度过难关，战乱过后，回去重建家园。岂知请神容易送神难，一说签证到期，难民们立刻在街头拉起帐篷抗议，其中大多又都是青壮年。如今局势紧张，难民们也由最初的帐篷示威，改变为频繁地焚烧泊在路边的车来宣布居留"主权"。

可可刚来时，见到每个超市门口都蹲着一个乞丐，还觉得奇怪。不是瑞典无业都有低保么？何况瑞典对难民也不算差，怎么还有如此多的乞丐？后来才知道，这些乞丐就是小时候的电影《大篷车》里的吉普赛人，也就是没有国家愿意接受、被冠上抢劫偷窃的罪名、只会以水晶球算命故弄玄虚、出生就注定要流浪的一个民族。

"都是天下可怜人哪！"可可正准备无视般走过，可当她看到这个和她妈妈几乎同龄的吉普赛女人，眼里含着卑微的光，在哥德堡低温的夜里裹紧毯子蜷缩在超市门口的孤独身影，心里还是"咯噔"了一下。翻翻口袋里的几块零钱，在手里捏了捏，回身几步，蹲下身将钱轻轻放进了女人已经放在地上的纸杯子里。

吉普赛女人错愕了一下，刚才她已看见这个亚裔姑娘路过比萨店时饥饿难忍的样子。虽然不同种族，但对于饥饿的感觉，却都有着太相似的深刻体验。她愣了愣，旋即用手示意可可停下来："那边，那边不要去，轰，车，车。"她用勉强学来的瑞典语和可可交流，可可的瑞典语也不灵光，不知她在说什么。看着吉普赛女人紧盯着她，只好听从建议，朝她指的另一条路，绕道回了学生公寓。

走到楼下，看见一起合租的俄罗斯姑娘莎莉正和瑞典男友一起抬桌椅板凳，原来是准备搬去和男友同居。

"可可，搬好家我们有一个庆祝同居的派对，你也来哦！"

"你不回俄罗斯了？你的签证不是到期了吗？"可可惊奇地问。

"他不愿我回俄罗斯，我只好留下来喽！可可，瑞典的法律真他妈爽，同居等同于结婚，你也赶紧找个爱你的男朋友同居吧！"和她有同样签证问题的莉莎，在最后关头终于如愿以偿，说服习惯独处的瑞典男友和她同居。

搬完最后一件行李，率性直爽的莎莉给了可可一个飞吻，坐上男友的沃尔沃，绝尘而去。

回到空荡荡的房间，偌大的客厅只剩一面莉莎带不走的、固定在墙上的大镜子。

可可站在镜子前端详自己，试着像莉莎那样将头发全挽起来在头顶，盘成一个时下流行的丸子。

可挽了几次，都没有莉莎那般帅气妩媚的效果，她放弃了。

打开冰箱看看，昨天就着老干妈炖的半拉香辣猪肘还腻着油腻子静静躺在那里，令人胃口空空却毫无食欲。

她泄气地走进自己的卧室，一头扎在床上，疲倦地合上了眼睛。

第二天，可可还没睡醒，就接到老板丽卿打来的电话，问她没事吧。一问，打开网上新闻，才知道昨天夜里又发生了烧车事件，而烧车的地段，就是吉普赛女人示意她绕开的那条路。可可不由倒吸了一口凉气。

04

课堂滑铁卢

半 梦 半 醒 半 寒

一 明 一 灭 雪 影

"来嘛来嘛，再来一遍！我瑞典语发音不标准的地方你一定要纠正我啊！不能让学生因为我的发音产生歧义。"

接到人民大学的聘书已经三周，明晚就是第一天正式教课，带新学期伊始的初级班。

冬夏备好文案，一有空就逮着放学回来的少少反复模拟课堂教学。

被她反复精神折磨的少少，已经放弃了抵抗，死狗般趴在桌上，听她声情并茂地讲课。

"到底好不好？你说啊！"流利顺畅地讲完一堂课，冬夏焦急地等待少少的点评。

"冬夏阿姨，你讲的已经是太太太完美了！我们学校老师要是像你这样讲课，我保证大家人人都得优！"少少嘴里含着冬夏偷偷买来贿赂她的榛子巧克力，这些甜食，不到周六糖果日，妈妈丽卿是不许她碰的。

"什么阿姨，叫小姨！"冬夏听见少少的点评，满意地笑起来，她前前后后地照镜子："说，小姨美不美？小姨是不是天下第一智慧与美貌并重的女老师？"

"小姨，人家是听你讲课，又不是看你选美！"少少做了个呕的动作，完成使命，赶紧拿着学校发的 ipad 走进了卧室，游戏一刻也不能耽误。

冬夏心满意足地收拾好课本，旁边的可可艳羡地说道："冬夏姐，还是你行！一样的机会，看人家就要你不要我。"

冬夏赶紧接话道："可别这样说，失之东隅，收之桑榆！说不定有更好的工作等着你呢。我倒觉得你应该赶紧把你的论文完成了，再试着申请一下别的城市的大学，哥德堡不行，还有斯京、隆德、马尔默，甚至乌普萨拉那些大学，都不错的。"

两人正说着，只见卡莱远远下了渡轮，从海滩上慢腾腾走过来。冬夏没好气地挡在门口说道："怎么，又来找事儿？上次是没长记性咋的？以后没事你少在这儿瞎晃悠。"

卡莱走到听海诊所的门口台阶上坐下，嘴里叼着一根狗尾巴草，转身看看听海诊所，从口袋里拿出一张纸，朝冬夏晃了晃："这里是听海诊所不是？自打三年前被你刺伤，留下后遗症，精神受到极度惊吓，需要很长一段时间的心理恢复治疗。喏，这是医生的证明！每周两次。我现在是病人，你们可得对我负责！冬夏林，我是政府介绍的病人，拿出你们的专业态度吧！"

"我们对你负责，你自己也要对自己负责啊！对不起，我们这里不收瘾君子，戒了大麻再过来找我们吧。"冬夏拿了本书转身"蹬蹬蹬"上了二楼，走到阳台躺在户外藤椅上看书，再懒得理他。

自从第一次在中国见识到冬夏的个性，卡莱就觉得这个女孩很酷，见了她总忍不住要逗她，这才发生了三年前被冬夏刺伤的事情。但异国三年，生活已经慢慢磨掉了当初冬夏身上的一些锐气，她变得不再像以前像只刺猬一样动不动就炸刺儿。这些变化却让卡莱觉得失落，他在心底甚至有些怀念那个曾刺伤过他的风一样的女孩冬夏。

可可赶忙招呼卡莱进来，给他倒了咖啡，接过他手中的医生证明看过了，又打电话给丽卿说了这件事。

既然是政府介绍来的客户，丽卿便完全把他当客户看，嘱咐可可客客气气地招待，记下他的人口号，预约每周两次的就诊时间。

听见电话里丽卿的声音，卡莱得胜般地笑起来，掏出自己的身份证，递给可可。

可可起身复印卡莱的身份证，看着看着，复印件上卡莱作为瑞典公民的信息映入眼帘，可可心里忽然动了动，想起了莉莎和她的瑞典男友。

拿着复印件走过来时，她顺便瞄了瞄墙上镜中的自己，整了整发梢。

看见卡莱端起桌上凉了的咖啡要喝，她急忙抢先将杯子握在手中，带着小女生的娇俏脆脆地笑道："咖啡凉了吧，我给你煮杯热的。"说罢甜甜一笑。

面对突如其来的温柔，卡莱吓得有点不知所措，他尴尬地连声说着不用，拿起身份证和预约表，逃也似地离开了听海诊所。

"银样镴枪头！"看着仓皇远去的卡莱，可可心里不禁冷冷笑了一声，将端在手中的那杯凉咖啡顺手一股脑儿泼在了门边一棵一人高的绿植上。

第二天，翻着卡莱的预约登记，丽卿无奈地摇摇头。

一转眼，看见绿植根部咖啡的残迹，丽卿皱皱眉，对旁边整理客户资料的可可说道："不是跟你说过吗，要时常记得提醒客户不要把咖啡残羹泼在绿植上，花盆里是倒咖啡的地方吗？"

可可委屈道："丽卿姐，我晓得了！我也常说的啊！可你也知道，来咱们这里的客户什么人都有，总说客户也要不高兴的啦！"

丽卿摇摇头，叹口气，将卡莱的病历仔细看了一遍，才发现心理治疗里还有每个月陪他去做一次肩背力量恢复训练的内容，不由叹口气道："瑞典福利还真是好！纳税人的钱全花这种人身上了！每个月一次理疗，谁有时间陪他去！"

可可凑过来看了看病历，说道："既然是政府派来的，政府付咱们钱，也是生意。店里生意离不开你，冬夏姐又要开始在人民大学教课，正好这段时间我的考试刚结束，就让我去吧。"

丽卿意外地打量着可可说道："你不是一向讨厌陪病人做理疗么！你肯去算是帮我大忙了，那我就先谢了啊！"

可可边整理资料边说道："谢什么啊！只要每次的出工费别忘了结算就是了！啊呀，说着玩的啦！丽卿姐肯定不会忘的啦！"

丽卿笑笑道："那是自然！"

回到家的卡莱，拿着康复训练计划反复翻看，最后，在病人意愿那一栏里，他想起了冬夏的话，填道：希望戒掉大麻。

新的一节课，毕竟是人生中第一次用自己的瑞典语给外国人讲课，冬夏心里多少还是有点忐忑。但是凭自己的学识，又准备了这么长时间，她也自信自己完全没有问题。

走上讲台，站在白板前，面对全班二十个人齐刷刷四十只波斯猫一般北欧人特有的蓝眼睛的注视，她镇定了一下心情，简短的自我介绍后，开始教大家用简单的汉语句子做自我介绍。

消除了刚开始的坚冰，课堂气氛渐入佳境。

突然，一个看起来四十出头、腆着啤酒肚的男子粗鲁地打断了她的讲话，快而急促地讲了一长串带着北方方言的瑞典语。

冬夏有点懵，她没有完全明白这个男子想要表达什么，只好温婉地请他再说一次。

谁知这次这个男子不仅没有放慢语速，反而加快速度，用手隔空点着她说了更长的一串。面对男子的粗鲁，尚缺乏经验的冬夏一时不知如何应对。

"我要投诉你！"这句汉语，男子倒是说得标准。说罢，他拿起自己的手机，气哼哼地冲出了教室。

精心准备的一堂课以这样的状况收场，这是冬夏万万没想到的。

那晚是怎么失魂落魄地搭渡轮回来的，冬夏已经完全没了记忆。

跨海的渡轮每四十五分钟一班，从迷雾中缓缓驶来。下班高峰期，长长的开车回家的车队排到了森林接壤处。一挨渡轮靠近停定，大大小小的车像甲虫般闪着红彤彤的车灯，慢慢启动，安静而有序地依次开进闸道停靠过海。

早期城市建设时，明明可以修连通岛屿与陆地之间的大桥，然而岛屿上的居民们都不约而同投票选择了搭乘载车渡轮往来。岛上居民也并非都是颐养天年的老人家，除了祖上留下房产的拥有者，更多是努力奋斗有车有狗渴求稳定的中产阶级们。这些人夫妻合力，奋斗到人生四十不惑之年，然后共同贷款，买下象征优越生活的岛上别墅，再开始买船生娃，节假日出海，躺在深海中央看别人看不到的风景。

因此拒绝修桥也就成了岛上人誓与陆地人划开界限的生活态度。

雨夜码头

 扫码看实景

岛的存在就在于它的孤立性和与世隔绝不被打扰的生活姿态，如果修了桥，谁都可以随意往来，那么岛的遗世独立还有什么意义？所以至今，哥德堡四周大大小小的岛屿依然靠载车渡轮往来。时间一久，搭乘渡轮出行也就成了岛上居民生活的一部分。

渡轮平稳地在大海中前进，平稳到让人几乎觉察不出它在移动。很多人从车上走下来，靠在舷帮上透气。

冬夏异常虚脱，和行人们从人行道走上渡轮，疲惫地靠在船舷上，为自己人生跌倒后再爬起奋斗却遭遇到的失败感到灰心和绝望。看着茫茫的海面，她连冰冷的雨打在脸上都没有知觉。

有那么一瞬间，她连自己为什么来瑞典都产生了怀疑。

下船的时候，她刚好碰见就诊结束搭渡轮回市区的卡莱。

看见冬夏浑身湿漉漉，冻得瑟瑟发抖、脸色煞白的这副德行，卡莱摇摇头，不由分说，将她大衣上的帽子拉起来，帮她扣在头上。

"下雨，不打伞至少应该戴上帽子，这才是我们瑞典人的做派嘛！"他说着别人，自己同样也是有帽子不戴，淋在雨中。

冬夏一声不响，甩开他，面无表情地往坡上走。

"HELLO，谁又惹到你啦？课讲得怎么样？"卡莱站在身后问。

这一问不打紧，仿佛被点了泪穴，冬夏憋了一路的委屈，一下被这句话点开了。她的眼泪夹着雨水，爆发出来，"蹬蹬蹬"走回几步，抓着卡莱的胳膊质问道："你说，一个人，如果换一个国家，换一个地方，人生是不是就可以重新来过？"她看着他，向他提出这样一个问题。

以往冬夏见了卡莱从来没有好脸色，也从来不给他好话，这次这样主动问他，卡莱受宠若惊。他狐疑地端详着冬夏，不确定地说道："冬夏，你没事吧？要不要我先陪你回诊所？"

冬夏摇摇头，笑一笑，看着卡莱。雨水从发梢上滴落下来，经过她的眉梢，又顺着光洁的脸一路滑下去，她抓着卡莱胳膊的手微微发着抖，自问自答道："卡莱，你知道吗？我原以为换一个国度，就可以换一个人生，重活一次。但这一切都只不过是我的自欺欺人、一厢情愿罢了。一个犯过错的人，终究走到哪里都要遭遇命运的惩罚，逃不掉的。"

面对着冬夏这样一张灰心的脸，这样一双被生活刺痛，满含着哀伤却黑白分明的大眼睛，卡莱的心仿佛也没来由地痛了一下，他感到一股从未有过的电流从全身划过。这股电流带着冬夏的手的微微震颤，从他的胳膊直至心房，然后弥漫到全身各处。

卡莱感觉到脸上热乎乎的，他抹了一把，难以置信这竟是自己的眼泪！

他呆呆地看着冬夏，看着她被码头灯光染成淡糖果色的头发，她光洁的额头，她高挺的鼻梁，她被雨和泪水洇花了的乱七八糟的精心勾描过的脸庞。

他忽然很想把面前这个今夜突然变得如此可爱如此柔弱的女子拥在怀里，吻去她哀伤的眼泪，安抚她的颤抖，用自己并不厚实的手掌捧起她瘦削紧致的脸，告诉她其实这没有什么大不了的，这只不过是一次没讲好的课而已。生活里，多的是比一堂没讲好的课更大的滑铁卢。

但一想到自己无精打采的日子，糟糕的生活，没有目标的人生，写了很多年还没写完的论文，自己又有什么资格去安慰劝解和鼓励别人呢？

一声沉闷悠长的汽笛，即将到码头的渡轮远远地从海上迷雾中驶过来。

他心里默默叹了口气，将想要抬起的手插在裤兜里，另一只手伸在空中，中指叠在食指上，做了一个汉语手语里"十"的标志，问冬夏："这是几？"

"十！"

"对嘛，"嬉皮士惯有的玩世不恭又回到他脸上："没听说过吧？冬夏林，神说，通常呢，你要经过十次失败，在第十一次的时候，可能，也许，会取得成功。这才第一回合，早着呢！不过，下回想哭的时候，这里可以借你用哦！"他用刚才做过手势的手指吻吻自己的嘴唇，暧昧地拍拍自己的肩胛处。

看见冬夏柳眉倒竖，他连忙求饶："好了好了，不说了。不过，这倒是真的。"说着，他解下自己挂在夹克拉链上披着亮柠檬绿汽车反光标志的小熊钥匙，挂在冬夏的风衣纽扣上，挂好后，拍拍她的肩膀：

"以后摸黑出来记得戴着这些玩意，让车能看见你。不要老将自己置身于危险之中。不知道吧？不带反光标志，你在司机能见度的视线里只有二十五米。想想看，黑夜，车和人，你和司机，二十五米，无论哪一方反应迟钝些！OMG！不敢想！是不是很可怕？海边冷，快回去吧。"说罢摆摆手，兀自朝码头走去。

冬夏低头看看远处渡轮打过来的光中，白炽灯一样亮闪闪地发着银光的小熊，再看看融在光里远去的卡莱的背影，她第一次关心地对卡莱高声道："路上小心！"

"什么？"已经走远的卡莱回过头，一圈光晕打在他的黄头发上。

冬夏摇摇头，笑起来，朝他比了个"十"。

卡莱笑起来，也给她回了一个相同的手势。

两人挥手作别。

告别卡莱往回走的路上，冬夏的心情好起来。

"也许，生活，实际上也没自己想象的那么差吧！也许卡莱那小子说的对，这不过才和生活交手的第一个回合，谁负谁胜出还不知道呢！"她长长吐了一口气。

倒是丽卿，一开门看到冬夏这一身湿漉漉的样子，吓了一跳。

"看吧，让你拿着伞，就不听。住了这几年，哥德堡的天气你还不知道吗？"

"知道！受大西洋暖流气候影响，一年四季天天没事都要下几回雨。一天不刮个风下个雨那就不是哥德堡了。"冬夏背书一样抢答。

"知道还不打伞！"丽卿无可奈何地笑笑，边说着边烧上电热壶给她烧水泡茶，烧水的当儿又开冰箱取了姜和鲜柠檬，切了几片丢在茶里。

这时的冬夏已经不那么悲伤了，转而变得愤愤然。

她窝在沙发里，抱着茶杯，非常生气地向丽卿描述了事情的经过。丽卿也诧异并且意外，在瑞典待了数十年，冬夏口中如此粗鲁无礼的瑞典人，她亦是少见。

不过，诧异和愤慨过后，丽卿提出了一个可疑之处：既然是初学者，为何那句"我要投诉你"的汉语会说得如此流利？

冬夏宣泄完就算完，丽卿还沉浸在愤慨不解的情绪中，冬夏已经像没事人一样了。用丽卿递过来的纸巾擦了擦眼睛，她问道："眼睛下没有黑的吧？"

　　丽卿左右看看，摇摇头："你是不是又偷用我的防水眼线笔了？淋成这样妆还没怎么花，我极度怀疑你偷用我上周才从布鲁塞尔买回来的那套限量版。"

　　冬夏打断她道："这不是重点！我们以后说好么？你刚才说的那个什么疑点，没理由啊！我和那个人彼此又不认识，他何必害我？咳，算了吧！应该还是我讲课有问题！按人民大学的规定，遭学生投诉就算出局了。我还是听你的，老老实实去大学读专业吧！回来的路上我想好了，不读设计，读公司风险评估，这个专业以后应该靠谱。"

　　"行！嚷嚷了两三年了，读什么都行！兴趣第一！只要把你的智慧与并重的美貌别荒废了就行。来杯热羊奶吧？喝了暖暖的早点睡。"

　　冬夏窝在舒适的沙发里，顺手拿了本书翻看。橘黄的落地灯下，她裹着毯子，摸了摸小熊，安心地朝丽卿点点头。

05

较量

春　日　暮
一　只　寒　鸦　从　云　层
冲　向　榆　怀

人民大学的工作，冬夏算是没戏了。

后来听说，接替她的却是那个最早出局的老板娘。这一点倒大出冬夏和可可的意料，眼见得冬夏落马，可可满以为学校会通知她去替补。谁知等来等去不见消息，一打听，原来老板娘已经捷足先登了。

"姜还是老的辣！"可可边扫地边发出这样的感叹。

转年春天来临时，冬夏的录取通知书下来，这已经是她在瑞典的第四年了。

她开始在哥德堡大学攻读公司风险评估专业，但对于人民大学的事，心里始终觉得不甘。

"天欲降大任于斯人也，必先苦其心志，劳其筋骨，饿其体肤。"

课间时，冬夏一边和比自己小很多的同学们一起 FIKA①，一边翻着枯燥无味的专业书。她有点后悔申请的这个专业，学来学去，她发现自己的兴趣还在品牌设计上。来瑞典这么几年，市立图书馆的中文书已经被她借阅遍了，当手头再没有新鲜中文书可看，翻来翻去都是瑞典图书

---

① 瑞典语词，是一种流行于瑞典及北欧极其重要的生活社交方式，即去喝杯咖啡放松休息一会儿。FIKA 的方式可以是朋友见面、家人聚会、男女约会、工作间隙，甚至也可以是一个人，一本书，半个下午。关于 FIKA 的更多详细内容，请参见作者2015 年出版的北欧人文经典《这么慢，那么美》。

报纸的时候，她忽然有了一个念头：为什么没有一份属于华人自己的杂志或报纸？

正在胡思乱想，就收到可可的一条短信，告诉她自己发现了一个秘密：在课堂上公然挑衅冬夏的那个满口北方方言的瑞典男子，就是以前在华人老板娘餐馆打过工的雇工。而且，据可靠消息，这个男子那时的行为，就是华人老板娘授意，目的就是挤走冬夏。这件事之所以暴露出来，是因为这个男子最近认识了一个泰国女朋友，而这个泰国女朋友是可可以前一起上语言学校的同学。曾经在老板娘餐馆端过盘子，后来因为不满老板娘付的薪水低又过分压榨，愤而辞职。

"告诉你吧，老板娘面慈心黑，阴着呢！嘴里说话，杀人于无形，动不动就是：那个谁谁谁，还有那个谁谁谁。背后把人糟践得一塌糊涂了，人前还落个好名声。我以前幸亏没去她那里打工，我的泰国朋友就惨了。"

可可去年年底圣诞节前，意外收到了此前申请专业导师的补录通知，关键时刻解了燃眉之急，暂时不用为签证的事发愁，她感叹道："这真是，《圣经》上说的一点儿没错啊！这就是马太效应，你有的还要给你更多，你没有的还要剥夺。想想去年秋天我那惨样，申请遭拒，签证马上到期，房租急忙付不上，哎呀，那时都不要活了。现在倒好，心愿一一达成！"

可可心满意足地吸了一口泰国朋友亲手做的珍珠奶茶，给冬夏也带了一杯。两人一起坐在山顶教堂 18 世纪砌的石头围墙上，喝着奶茶，眺望远方。虽然还是春寒料峭，可石墙上已经坐满了三三两两从冬天的寒冷和长夜中急于苏醒过来、迎接春天的人们。四月中旬的复活节刚刚过去，绑在树枝上的彩色鸡毛经过几次小雨，褪了点颜色，却依然是春

山顶教堂

扫码看实景

天的使者——是金黄的迎春花开前最惹眼的点缀。

近处的楼群，远处的约塔河，来来往往于哥德堡和丹麦、偶尔拉响沉闷进港鸣笛的巨大油轮，以及更远处的大海入海口和长长的架海大桥，这一切一切的风景，都尽收眼底。海风远远地吹来，令人心旷神怡。

冬夏没事就喜欢来这山顶城墙坐坐，眺望一下远方的风景。看看海，吹吹风，多么阴郁的心情也随之开阔。听到可可说起人民大学这档子事，她立刻放下手中枯燥的功课，约可可出来透透气。

"不过要我说还是算了，事情都那样了。事过半年，她都在那里教一个学期了，你再去翻这件事又有什么意思？来留学，海外闯荡这几年，我也想通了，这世界上不公平的事情多了去了，你又能怎样？就说这个餐馆老板娘，听泰国朋友说，连初中毕没毕业都不知道，可就这样一个人，偏偏打败了咱们两个科班生，去人民大学教课了！天大的笑话啊！可这就是现实啊！你又能怎样？反正老外又不懂中文，教得好不好他们怎么知道？总之只要是个讲母语的中国人在那里教课就 OK 啦！"可可吸了一口珍珠，鼓起腮帮子，赌气般用力地嚼着。

冬夏握着杯子，看着远处的渡轮，沉思着，不说话。

"而且，你这样去揭发，让别的华人朋友知道了，又要说你华人搞华人，窝里斗，不团结。何况，这原本也没什么对错，现在的事实就是，谁有本事谁上位，管你用什么手段。"

"不团结？我怎么这么讨厌人动不动用大帽子来压人！这跟团结有毛关系？"冬夏情绪一激动，监狱里的旧习就时不时蹦出来。

大概也意识到了自己说话的粗鲁，她顿了顿，调整了一下情绪，继续说道："你这样讲，倒让我想起一句话，好像好多人还挺认同，说什么真实的世界，小孩才分对错，大人只看利弊。可我就看对错！一个人活着，对错不分，是非不辨，还活什么劲儿！"

"何况这件事，错有二：一，老板娘用不正当手段上位，背后使阴招，这在职场是大忌，这个错必须澄清辨明；二，她的教学质量怎样，我不评价，但人民大学可以请人考核。外国人不懂汉语，但我们懂。我们在国外教汉语，外国人学汉语，就是因为汉语文化博大精深的雅和美，岂能让滥竽充数之辈毁了我们的雅和美，让初起步的汉语爱好者断送了对汉语文化的向往！"

"对对对，而且这位老师教汉语竟然因为自己没学过拼音，就不教学生拼音，这也太可怕了吧！简直是毁人不倦啊！"可可补充道。

一切准备停当，冬夏逻辑清楚地写了一封邮件，签上自己的大名，寄到了人民大学主任的邮箱。

"小姑娘，这样的事红口白牙可不好乱讲的啊！"

站在系主任办公室，穿戴得体的老板娘笑吟吟且和善地看着冬夏。

冬夏点点头："不会乱讲的！我对自己的话负责！"

"那么你讲我串通别人来故意捣乱你的课堂，就很不对的啊！头上三尺有神灵，证据有吗？瑞典人哪有这样肯听人摆布，哦，我讲哪样就哪样？中国人爱搞自己人，让别人老外看笑话，我看是一点没说错，你这样讲要跟我道歉的！不然小心我告你，你要吃官司的。"老板娘笑笑的，话却硬，给冬夏来了个下马威。

"去年九月三日，我们同来应聘教师职位，你落选。九月二十一日，我的第一次课，你暗中帮瑞典人约翰付了学费，教唆他在我的课堂上找茬挑衅。按人民大学的规定，头一节课，如果学生不满意可退款退学，主任，您可以查看邵老师的学生名单，里面是不是有个叫约翰·约翰桑的人，在第一次上课之后就退款退学了？"

主任一向不管具体教学事务，但有义务处理纷争，听了冬夏的话，她打开院系目录表汉语分类，果然发现一个叫约翰·约翰桑的人上了一次之后就退学了。

"这又能说明什么？学生来去自由，这不是人民大学的规定吗？何况班上退学的不止约翰，难道都是我唆使吗？"说到这里，老板娘忽然觉得自从接任冬夏的班后，在自己手里退课的学生颇有几个，关系到教学质量问题，立刻噤了声。

"事成之后，邵老师送给了约翰一张价值千元的购物卡，算作报酬，这就是那张购物卡。"说罢，冬夏将装着卡的信封递给主任。

说到卡，关系到贿赂，这在瑞典可不是小事！主任的表情严肃起来。

"冬夏，都是中国人，有话私下里说，好不好？你跟我女儿年龄相仿，阿姨这么大年纪了也不容易，晚上请你吃饭。饭桌上说好不好？"老板娘看见冬夏拿出卡，她在瑞典生活几十年，瑞典以税治国，她也知道如果事情被揭穿的严重后果，连忙改用汉语向冬夏妥协。

"请用瑞典语！"主任纠正。

"邵老师，这张卡是你给约翰的吗？"主任严肃地问。

老板娘见冬夏不语，假装上前辨认了一下，摇摇头："不是！仅凭一张卡，没名没姓，她说是谁的就可以是谁的，何况这是一张 NK[①] 的购物

① 全称 Nordiska Kompaniet，瑞典高端综合性百货商场，1902 年由瑞典人 Josef Sachs 于斯德哥尔摩创立，卖品囊括了各种受北欧人喜爱的小众时尚前沿品牌。

办公室对峙

卡。您觉得像我这样的人，会去 NK 那种奢侈品专卖场购物吗？"老板娘穿着得体却朴素，手里还拎着一只磨毛了边的用了十几年的手提袋。

主任犹豫了一下。

"再说，卡如果真的是我给约翰的，又怎么会在她手上？这明明是她和约翰认识，来诬陷我的嘛！你看看我俩，谁更像是用 NK 卡的人？"老板娘抓住时机，反咬一口。她看着那张卡，心里冷笑一声。当初就是为了以防万一，她才特意买了与她消费习惯不相符的 NK 的卡，想不到现在真的派上了用场。

她慈眉善目地转向冬夏："你当初被人投诉，我也为你遗憾，可你也不能因此来报复我呀！我们给人家做教师的，不是都要天地良心为人师表地做人嘛。"

听见这样说，从没耍过如此心机的主任思路还真被老板娘带着走了，她看着冬夏："林，你确定这张卡是邵老师给约翰的吗？"

"主任，如果我和约翰认识，他又怎么可能来课堂挑衅，事后投诉！好在约翰现在有悔意，才让我知道这件事情的真相，他不仅给了我这张卡做证明，还愿意亲自来学校解释一下事情原委，约翰现在门外，可以请进来吗？"

主任做了请的手势，冬夏开门，请进了约翰。

一见约翰，老板娘显然猝不及防，她愣在了那里。

原来，冬夏决定了做这件事，便着手调查核实事情的前因后果，拜托可可约见约翰。约翰也为先前的事懊悔，跟冬夏真诚地道了歉，现在又有了爱情，更是发誓做个好人，被可可的好友——泰国女朋友催促着，也愿意同去人民大学主任那里给冬夏作证，澄清事实。

另一方面，冬夏认真核实了老板娘的教学内容，联系了哥德堡大学自己认识的大学汉学教授弗洛克，请他主持公正，如有必要，可为汉语教师的选拔做考核。

现如今，约翰和弗洛克都在场。

事情水落石出，老板娘辩无可辩。主任当即解除了与老板娘的合同。卡的事，交由学校法务部处理。

待一众人走后，办公室里只剩下冬夏和汉学教授弗洛克。主任和弗洛克在市教师会议上见过几次，算是熟人，寒暄起来，弗洛克因为和冬夏合作过几次，知道她的水平，隆重向主任推荐了冬夏。

主任亲切地拥抱冬夏道："林，谢谢你澄清这个误会。诚信，这在瑞典职场很重要！而且上次录取的，本来就是你啊！"

拥抱过后，冬夏认真地向主任建议道："我真的觉得人民大学对老师的考核标准应该改改。虽然瑞典教育一向以学生为大，但就拿这次的事件来说，学生的意见固然重要，校方也不能因为个别学生的一言堂就否定选拔招聘进来的老师，这对老师来说未免太不公平。老师和学生得到的尊重应该是平等的，不是吗？"

听到冬夏这样说，主任眼里放光，遇到知己一般说道："林，咱俩的意见是一样的！人民大学有一百五十多种语言课程。这个问题，不光是你，其他班上的其他老师也有这样的反映。一个班上学生水平参差不齐，所以我们绝不能以个别学生的接受能力做参照，就否定老师的水平！你提的这个意见很中肯，和我的想法是一样的！我会在教师会议上再次提出的。"

"还有，据我所知，瑞典是接受中国弃婴较多的国家。很多养父母都希望自己的孩子不要忘记自己的根，能了解一些简单的中国文化，说一些简单的汉语，包括他们自己。我本身也一直是一个领养家庭的汉语私教，两个领养的中国孩子，包括她们的父母，都在跟我学汉语。那么我想，有没有一种可能，与其让这样的家庭散着学，倒不如在人民大学开一个针对领养儿童的汉语班，可以只是孩子，也可以是整个家庭，或者两者兼具？"冬夏思考着说。

"哎呀，太好了！很棒的想法，这样一来，我们的课程更加多元化，也为更多想学汉语的孩子和家庭提供了好去处。你不知道吧？咱们学校瑞典语部的米歇尔就是领养两个中国孩子的母亲，上次还和我打听过哪里有教像她这样的孩子学汉语的地方。对了，你有做过调查吗？具体需求度如何？课程计划能写好我先看看吗？"瑞典职场只有职位之分，上下级关系非常开放，主任像其他职场领导一样，也是一个思维很 OPEN 的人，因此听了冬夏这番话，惊喜且认可。

"做过一些简单的调查，但还没有具体的数据。如果需要，我会继续做统计，课程计划我会尽快写好呈上来给您过目。"冬夏谨慎地回答。

一说到学校里的事和教学计划，两人热烈而专注地探讨起来，倒忽略了旁边的弗洛克。

"那么月底的教师会议上见啦！"冬夏和主任意犹未尽地道了别，和弗洛克走出了学校。

"那个，冬夏，我有一个汉文化上的问题，想向你请教一下，就是关于中国历史上的先秦两汉。"弗洛克和冬夏年龄相仿，遇到冬夏前，是个不折不扣的单身主义者，自打认识冬夏，以前只觉得她是个精灵且风趣的女孩，但经过今日的事件，他对她彻底刮目相看了，觉得她不单正义，而且勇敢睿智。在冬夏身上，他看见了中国人所说的那种叫"风骨"的东西。

陌上人独立，女子世无双。这句话用在冬夏身上再合适不过啦！

他危险地觉得自己的单身主义信条要瓦解了。

两人走到车站要分手时，他自己都不知怎么的，就忽然向冬夏提出了喝咖啡的请求。

冬夏觉得自己正有必要和这位汉学教授谈谈自己办报纸杂志的想法，说不定还能得到这位汉学教授的支持和什么好的想法，遂点了点头。附近就有个 ESPRESSO HOUSE[①]，冬夏指了指那里，弗洛克跟着她，穿越两条街道。

快走到街对面时，冬夏忽然发现可可和许久不见的卡莱，两人有说有笑地从咖啡店里出来。下台阶时，卡莱还贴心地扶了可可一把。

冬夏的心顿时一沉，她没料到什么时候，卡莱竟和可可走到了一起。看他俩人亲昵的神情，八成是男女朋友关系无疑了。

"不过，也正常啊！两人青春年少，一个未娶，一个未嫁，谈谈恋爱也很正常啊！"

"卡莱不找年轻的可可，难不成要找自己这个比他大了六七岁的阿姨？"

"哎呀什么啊，他谈不谈恋爱关我什么事！"

冬夏心慌慌地胡思乱想，一走神，穿着高跟靴子的脚就崴了，一个

---

① 北欧最大的意式浓缩咖啡吧连锁店，于 1996 年创立于隆德。以风味纯正的咖啡口味、具有代表性的北欧甜点与简餐风格和舒适的环境著称。

趔趄倒在了弗洛克怀里。

"你没事吧？脚有没有伤着？"弗洛克立刻紧扶着她，关心地说着，立刻蹲下身查看冬夏的脚。

"哦，没事没事！不疼的。"冬夏隐约觉得自己的脚崴着了，可还是连忙弯腰挡开弗洛克的手，站直身子，"那个，不如我们改天再喝咖啡吧。你要问的问题，可以发电子邮件给我，我看了尽快回复你。"

冬夏忽然间一点喝咖啡的心情都没有了，经过刚才那么一幕，她只想赶紧回去独自静一下。

弗洛克若有所失，但还是尊重冬夏的意见。他温和地和冬夏作别，散步回自己的住所。

告别弗洛克，冬夏松了一口气，慢慢朝车站走去。

经过一个垃圾桶，她犹豫了一下，解下系在背包上的闪光小熊，扔了进去。

06

拖延症的丈夫

说 来 黄 昏 漫 长

惟 檐 下 蜘 蛛

暗 影 里 织 网 忙

诊所的生意一到夏天就惨淡起来。

鬼灵精冬夏在街上扭伤了脚后，躺家里养伤，闲来无事，帮丽卿出主意，想出了一个"森林溪地禅修瑜伽"概念治疗模式。

"看过《水知道答案》么？我们生活的地球上 70% 都是水，而我们的体内 70% 也都是水，这就说明水对我们的身体有着极大的安抚力。简而言之，只要我们做到人与大自然的水平衡，人与自我的水平衡，那么焦虑啊紧张啊什么的，就迎刃而解了。人类之所以得病，就是坏情绪攻击了免疫系统。"

"所以，你的训练营应安置在干净清爽的原始森林深处，要临着潺潺的溪水。参加训练营的人，我跟你说，手机一律禁用，过回纯天然原始人时代。时间呢，一周为宜，LAGOM[①] 训练营的人，除了不许用手机，其他干啥都行。不过瑞典人爱看书，所以估计也不会无聊。哦，对了，瑜伽么，你的那套西藏五式，就很应景。也可以多加两式，凑够七式，就可以叫'水平衡七星北斗瑜伽'，要有玄幻感，也契合训练营'水'的主题。"

冬夏崴了脚，伤筋动骨一百天，过了大半个月，脚踝才见着消肿，

---

① 瑞典人的口头禅，意即：不多不少，刚刚好，凡事有度。是大部分北欧人对生活的理解及持有的态度。

慢慢好起来。这大半个月人民大学缺的课，她推荐了可可去代替自己。

夏日一到，阳光就成了治愈抑郁症以及缓解紧张焦虑症最好的良药，也是心理诊所生意最惨淡的时候。看见一天到晚没几个客人登门，百无聊赖，她躺在沙发上，给丽卿的生意出主意。

"现在的人，两分钟手机不在身边，就觉得与整个世界失去了联系，一周不用手机，会死人的吧？"丽卿不信任地看着她，一边追剧，一边漫不经心地听冬夏天马行空的发散思维。

"要想赢就得反其道而行之，你要引导现代人的特性，人越要怎样，你就越不要人怎样，这样才能激起人的好奇心和好胜心嘛。来瑞典这几年我算是发现了，瑞典人的确是被优越的社会福利制度惯坏了，从摇篮到坟墓，政府包办的一生！这话还真没错。在地球上其他人还在辛辛苦苦往云端爬的时候，这帮人一出生就在云端上，不愁吃、不愁穿、医疗免费、教育免费，基本生活保障根本不用愁，也就是说，作为人生活的最大动力，欲望都没有了，他们还要挑战什么？没有什么可挑战的啊！所以，只能挑战自己啦！这也可以解释，为什么国外有那么多作死的人——那都是挑战自我的先驱者。所以，你看啊，现在人都成了低头族，那我们就偏偏要他们向自己挑战，口号就是：抬起头，迈开腿！"

"点！掐到点了！"从起初的漫不经心，到越来越竖起耳朵听，到最后一句，丽卿终于忍不住一拍桌子，给冬夏竖了个肯定的大拇指。

大好春光错过了，学校也请了假，婉拒了弗洛克推着她去森林公园看樱花的建议，冬夏沮丧地躺在贵妃榻上，将高中时代就追过的高桥留美子的《犬夜叉》总共一百七十六集又看了一遍，外加四个剧场版。在休息调养的这半个月，她为丽卿贡献出了这个石破天惊的主意。

点子就是金钱，深谙市场的丽卿立刻将点子付诸实践，制定好初级方案，马不停蹄开车深入森林考察场地。

选好场地之后，日子定在一年一度的仲夏节，公众节红日子①，大家都有假。丽卿还精心做了文案策划，放出广告。结果两周不到，预约的人就爆满。

瑞典就这点好处，没有世俗的眼光，没有人来对你的生活指手画脚，只要不危害社会、危害他人，想做什么就放开去做。这兴许就是自由的精髓吧：做你自己，做你自己最喜欢做的事。面对如此火爆的情景，丽卿暗暗吃惊，她没想到没学过心理学与市场学的冬夏，在人与大自然天人合一的理解上，竟有如此的灵性与天赋。

"显而易见，这冬夏是块璞玉。当初带她来瑞典，似乎是我帮了她，但如今这么看来，倒好像是她帮我更多。"丽卿在工作电脑前浏览着灵修营的报名情况，面对长长的一串名单，几乎不敢相信，一遍遍核实每个人的报名信息，生怕有遗漏。

心理诊所开了这么多年，都是平平淡淡地经营，她自己除了诊所的四方天地，从来没想过要把客户拉到大自然中去，而这冬夏，一上道儿就想到了。瑞典人喜欢大自然，这自不必多说，而自己常年锻炼，瑜伽是自己的强项。东方来的哲学与西方朴素的大自然结合，这个思维不得说不妙！

"可见天赋之说还是有的。"她暗自点点头。

因是冬夏的策划，夏日即将来临的训练营开营，丽卿央求冬夏同行，以照顾到不周之处。冬夏学校放假，本来也没什么事，一口答应。

① 凡是公众假期，瑞典的日历上都以红色标注。是以红日子也就意味着放假的日子。

　　布置稳妥，电脑前坐了一天，丽卿只觉得腰椎酸软，刚想站起来活动活动，就接到丈夫安德士打来的电话，问她晚餐准备得怎样了。

　　接到这样的电话，丽卿的火"噌"地冒了上来。这种不知好歹的提问，不知何时竟已成为日常。今天她不待安德士说完，立刻在电话里没好气地朝他吼道："你工作一天，我也工作一天，看看你的表，现在下午五点过一分是不是！你刚下班我也刚下班，可惜我分身乏术，实在不能给您老人家一边工作，一边预备晚餐！"

　　"我只是问问还不行吗？"安德士在电话那头委屈辩解。

　　"这样的问题，你就根本不要问好吧？你明知道我八点半上班，五点下班，就是机器人，也要加点油，休息一下的吧！"顿了顿，丽卿说道，"今天不做饭，点比萨外卖吧！回来的时候顺道去接一下少少，小提琴课五点半结束。"说罢没好气地挂了电话。

　　"耶！比萨！"两个一放学一直在楼上打电玩的儿子，此时也是饥肠辘辘，一听到妈妈要叫比萨，开心极了。

　　"你就不能对安德士好点？不就问你有没有做饭么，至于生这么大的气！你该不会在气我吧？"冬夏看着丽卿，挪了挪身子。

　　"你在胡想什么！当然不是你了。我是真的真的很生安德士的气！哎哟哎哟哟哟哟哟！"丽卿一边活动僵直的腰，一边用手用力捶着腰眼，疼得龇牙咧嘴。

　　她指指楼上："你看看吧！东西乱扔，一天收拾八十回也不行！书、报纸、信件、杂志，到处给我扔！就这一天都够我收拾的，还要做饭、洗衣、吸尘。扔，我打扫，也就罢了！随处丢的东西，还不让我碰。说我乱动移了位置，东西就找不着了！书看了不放回书架，非要东放西放。衣服穿了咱能不能挂回衣柜。不能！椅子背地板上到处乱放！报纸、杂志、信件，咱看了能不能分门别类，该留的留，该扔的扔？不能！八百年前的报纸杂志都要给你保留着！我特么真是！！！"

丽卿一通发泄，说到这里，动了情，眼眶一红，看着窗外，吁了口气，低头揉搓着自己的手："结婚十年，我累了！"

冬夏勉强站起来，一步一挪移到窗前，拉过丽卿由于常年干家务活和锻炼变得硬而略微粗糙的手，揉了揉，又轻轻按摩着丽卿的后腰。丽卿有轻度腰椎间盘突出症，久坐之后时常感到腰痛。

在冬夏的按摩里，她舒服地做了几个深呼吸。心情平静下来。

冬夏也知道安德士是极度的拖延症。在丽卿家里，两个人分工明确，比如丽卿做饭，安德士洗锅；丽卿送孩子，安德士接孩子，诸如此类。虽然在照顾孩子上，安德士堪称超级奶爸担当，事无巨细，优秀得无可挑剔，但在除此之外的家务活上，却挡不住他是个拖延症患者，大大地减分。

丽卿的别墅是老房子，厨房跟瑞典三国的地图一样，长而窄，空间仄，一直没有装洗碗机。丽卿做饭，洗碗是安德士的任务。当初他自告奋勇号召丽卿要想想地球的环境和家庭的经济，表示不用买洗碗机，可以手洗搞定。谁知每每餐后洗碗，他的方法并不是及时清洗，而是等：放好一池子水，加进洗洁精，将所有碟子、叉子、锅碗瓢盆，堆得盆满钵满地放进去浸泡，有时一两个钟头，有时半天，有时忘了便是一天。

而每次的矛盾在于，丽卿要急着做饭，可所有的碗筷还小山一般泡在池子里，占着厨房半壁江山。不得已，丽卿只好亲自上阵代劳，一来二去竟成了习惯。扫地、吸尘也是，本来属于安德士的打扫任务，这位大神也是草草了事。明面儿上的灰尘清扫了，可乱扔的东西，该乱扔的还乱扔，该占道儿的还占道儿。丽卿只好亲自返工，二次打扫，这倒让安德士大为不满，认为太太不尊重他的劳动成果。

　　一个女儿两个儿子，瑞典长大的孩子们，根本不要指望。能把自己的房间收拾得像样，丽卿就谢天谢地了。所以丽卿最怕的就是每年过圣诞全家一起做姜饼，做藏红花面包，一家人不帮忙，尽添乱。

　　挂满灯饰的圣诞树散发着馨香的森林气息，壁炉暖暖地烧着，应景的烛台、绣着驯鹿和圣诞老人的桌布、稻草扎成的山羊、欢快的圣诞颂歌，一派热闹祥和，那都是电视上的。现实是，一家五口人七手八脚做完姜饼，做完歪七扭八的"露西亚猫"藏红花面包，现场简直惨不忍睹，面粉、边角料面团、用过的锅碗瓢盆，丢得到处都是。

　　品尝过亲手烤的姜饼和面包，孩子们心满意足地去睡觉了，留下一片狼藉的战场。

　　"等等吧，喝完咖啡就打扫。"

　　"一会儿啊，看完这几页就来。"

　　"亲爱的，你已经催我十八遍了！别让我太紧张。"

　　到再提醒时，这位先生已经在壁炉前的摇椅上睡熟了。

　　看着熟睡的丈夫，丽卿哪里忍心叫醒他？只好轻轻地给他披上毯子，自己默默去把一切收拾打扫了。

　　"哎呀，亲爱的，你咋就打扫了呢！谢谢啊！爱你！"

　　第二天早上醒来，看见清洁明亮的厨房，丈夫连忙乖巧地给太太道歉，奉上热吻，再奉上精心为太太挑选的圣诞礼物。丽卿纵有天大的不满，此时也柔软地化解了。

　　女人，只要爱着这个男人，就是这么好说话。丽卿经历过前段婚姻的失败，对这段婚姻分外珍惜。何况除了拖延症，安德士也没什么别的坏毛病。作为一个六级程序员，资深主管，又能干又顾家，在金钱上也从不和她计较，她说什么就是什么，对她和女儿少少都很好，丽卿还有什么可挑剔的呢？

　　"多做点就多做点吧！"她常常这样想。

　　然而日复一日，年复一年，十来乍的夫妻，岁月抹掉了新鲜时光里的卿卿我我，只剩下一地鸡毛的琐事。拥抱少了，热吻少了，家务活却愈发多起来，这不由得不让丽卿郁闷。不知怎么，近几年她觉得自己的脾气越来越暴躁，有时简直难以控制。

　　"难道真到了冬夏说的早更期？提前到来的更年期？任何女人，都会被家务活拖垮的吧！"她难过地摇摇头，闭上眼睛。

07

突如其来的爱

仲 夏 夜

忽 尔 双 蝶 至

绕 花 柱 舞 不 休

"我们就要在这片森林安营扎寨吗？好美啊！"

　　训练营队伍已经深入森林腹地。丽卿走前面带队，冬夏押尾，一行二十多人，蜿蜒安静地走在林间定向越野爱好者踩出的路径上。

　　冬夏边走边东张西望，心里忍不住赞叹丽卿真会选地方。

　　瑞典森林覆盖，深入里面，却并不阴森恐怖。没有藤蔓横缠，没有毒虫肆虐。大抵由于北欧冷的缘故，动植物种类相对稀少，毒物类更是罕见。原始的自然森林茂密而干净清爽，是北欧人探险、徒步、单车穿越、采蘑菇浆果，以及定向越野的好去处。

　　走进茂密的森林，冬夏觉得自己就像爱丽丝走进了梦游中的仙境。

　　潮湿阴凉的地面上长满青苔，落满厚厚的松针。松针之上，阳光照进来的地方，长着密密的蓝莓丛。高耸的松木像公车站等公交的北欧人们那样，棵与棵之间保持着恰当的距离，每棵树之间的距离仿佛经过计算，既不紧密，又不疏离。晨曦或傍晚的阳光从树干间洒进来，成为一束束笔直的金黄的光，在茂密的森林腹地形成强烈的明暗对比，煞是震撼人心。那样的光，仿佛是从神明那里来的。

　　而匍匐于松木脚下蓬勃生长、绵延无尽的蓝莓王国，春夏之时，蓝莓果实娇嫩的花苞伴着嫩绿的叶子一起生长，在盛夏开出朱粉红的花朵，漫山遍野，花开得密实而低调，可真当得上"娇而不艳，朴实无

瑞典森林

华"这些字眼。待到八九月蓝莓时节再来，你就看吧，呼啦啦的，成千上万株蓝莓丛，每个枝条上都结满了浆汁饱满的蓝莓果，等待着人们的采摘。

　　森林里有潺潺的小溪流过，小溪两边长满阔叶的水生植物。丽卿的训练营，就安扎在离小溪源头不远的一片森林腹地，一块自然形成的、篮球场那么大的一片空地上。

　　训练营的主旨，凡是热爱大自然、有环保意识、有毅力两周不玩手机的，都可以参加。聚会的宗旨，就是暂别摩登社会，返璞归真，过回原始生活。聚会的内容完全是自由的，除了不许开手机，这十四天的内容，除了每日上午和下午的瑜伽，晚间的禅修，其余时间完全交给大家自己去打发。如果需要补给水，或开火做饭，或如厕，可在守林人遗留下来的设施完好的小木屋进行。条件是走的时候要将用过的东西在随后两周内返回，一一自觉补齐，留给后面的旅人以备不时之需。

　　丽卿特意将训练营的时间选在森林浆果、蘑菇丰盛的盛夏。大家各自带的食物足够两周吃，却又极其简单．面包、果酱、黄油、芝士、香肠、冷肉、冷熏鱼类及耐吃的包心菜是首选，其次就是干净的饮用水。

　　丽卿扫视了一遍名单资料，这次参加聚会的人群里，白领、工人、学生、工程师、老师、教授、失业者，男女老少、家庭、情侣、单身，不一而足。等到大家见面，不远不近地分散到周围附近，二十多人的场面，包括孩子，却安静得好像只有一个人！结伴而来的人，各自安营扎寨，低低地说笑交谈，相比，林间婉转不绝的，唯有鸟儿们的歌唱。

　　训练营的策划虽然是冬夏的主意，但到了真的跟着来实践，对她来说，还是一次大开眼界的体验！

　　早听说北欧人动手能力强，别说动手组装大大小小的宜家家居，就是盖一幢房，也不是不可能。但她没想到这种动手能力真的是不分性别，不分年龄大小。

　　如果不是事先知道这只是一次极普通的，由她们来组织、普通人参加的营地聚会，她差点以为在跟着西点军校①进行野外生存训练！

　　队伍中，跟着父母来的八岁的小女孩安娜和十一岁的哥哥亚当，背包全都是自己打点，需要带什么都是自己选择。除了安娜抱在怀里的毛绒狗狗，已经穿戴好的北极狐户外风衣裤和长腿雨靴，两个小家伙打点的背包像模像样：野营必备的睡袋捆扎在背包上方，开火用的小铁锅挂在背包一侧。换洗内衣裤、防潮防虫高腿袜、小刀、防潮火柴、书、太阳能台灯、指南针、森林地图等，巧妙地挤在背包里，有条不紊，多而不乱。

　　他们是怎么知道要带这些东西的？冬夏大为讶异！

　　"这些户外露营知识，包括如何打包，一部分来自学校课堂，而更大部分，来自父母的言传身教和网络搜索。瑞典人爱旅行，全球闻名！单身的时候单身游，有了孩子带着孩子游，没有什么能阻止瑞典人一颗向往自由、向往阳光的心！学校每年也会组织童子军背包帐篷夏令营，最大程度地让孩子们亲近大自然，顺便也训练一下野外生存能力。"丽卿后来告诉她。

　　"森林里有什么好玩的？"并肩走的时候，冬夏向自来熟的安娜打趣。

---

① 美国军事学院，常被称为西点军校。西点军校是美国第一所军事学校，以规模小和高度精英化著称。

"森林里有松鼠，有野兔，还有驯鹿。驯鹿个头大，但是不要怕！驯鹿是比我们怕它们更怕我们的！遇见人，驯鹿会偷偷跑开，不让你有一丝发觉。但是万一发现了，也不要担心，你就要看着它，跟它微笑！但是最好不要让我们遇见它们，尤其是带着驯鹿宝宝的！那时，"安娜的大蓝眼睛星辰大海般认真地看着冬夏，"你就千万不要走在驯鹿妈妈和驯鹿宝宝之间，那样驯鹿妈妈以为你要伤害宝宝，一定会攻击你！那是相当危险的！"

这一点冬夏倒也听有经验的瑞典人讲过，不要走在驯鹿妈妈和宝宝之间，不要隔开母子俩，不然那时护犊心切的驯鹿妈妈会一改温驯，攻击人类。

"你怕蛇吗？"小人儿继续用湛蓝的大眼睛看着她，那里面有一种与生俱来的、北欧人特有的天真与安静的力量！

冬夏点点头："非常怕！"

"嗯，我也怕！但是不要怕。"小人儿看着冬夏，"瑞典的蛇只有四种，都是无毒的，森林里可能会有，但是你通常不会遇到。蛇是靠听觉的，所以你怕蛇，就在担心有蛇的地方重重地跺脚和走路，那样蛇就会偷偷溜开。"

冬夏简直被小人儿在她这个年纪颇为渊博的知识惊呆了："天哪！你是怎么知道这些的？"

小人儿耸耸肩："看书咯！书上有，网上也有。"

对于连孩子都具有的这种早早练就的生活本领，除了佩服，冬夏还能说什么？

临别的时候，小人儿又给了她一个知识点："带防蜱虫喷雾了吗？"

冬夏赶紧点点头。

小人儿满意地笑起来，放行。

晚上扎好帐篷，冬夏和丽卿讲起与安娜的交谈，丽卿也大为赞叹。说到蜱虫，这种可能由芬兰登陆，近年来潜入瑞典的携带着西伯利亚TBE① 病毒变体的致命小虫，倒是提醒了她俩，赶紧拿出喷雾，全身上下一处不漏地喷了个遍。

冬夏和丽卿共用一个帐篷，等到安营扎寨，铺好睡袋，吊起电池灯，一切收拾停当，已是傍晚时分。但盛夏是极昼天气，虽然已经晚上八九点，却依然亮如白昼，只是夜里温度降下来，需穿大衣御寒。

当天正是六月二十一日仲夏节前夜，兴奋不已的人们安置停当之后，带着庆祝节日吃的草莓、盐水土豆、冷熏三文鱼、鲑鱼酱、香肠、冷切肉、奶酪、黄油、沙拉、酸面包等，自觉地聚到林地中央，铺了防潮野餐毯，环形席地而坐，互相寒暄。因为是节日的庆祝，大家都将带来的食物放在中央，共同享用。冬夏惊奇地发现那个曾被前任男友困扰的瑞典胖女孩也在训练营当中。和她一起来的，是一个稻草人般瘦瘦的瑞典男孩，一胖一瘦，形成了鲜明的对比。

冬夏不由得不厚道地想到了两人在床上的样子。她想象着自己如果有个像胖女孩那样的男友，非把自己压扁不可。

"想什么呢？没想好事吧！"身后，忽然贴着耳朵传来一个熟悉的声音。冬夏一个激灵，一回头，却看见一张熟悉又陌生的脸。

她仔细辨认了一下，才从那熟悉的眼睛里发现，来者竟是许久未见的卡莱！

----

① 森林脑炎。

她不自觉地红了脸，一时竟说不出话来。

与以往的形象大相径庭，卡莱剃掉了原先的一脸大胡子，满头拖把一样的脏辫，也剪成了如今北欧男孩流行的改良版莫西干短发。

冬夏吃惊地发现，只是剃掉了胡子，剪短了头发，眼前的卡莱便判若两人：如今站在她面前的，是一个有着俊美脸庞、阳光笑容、清新短发，全身仿佛散发着青柠檬般气息的追风少年。看来男人剃胡子堪称整容是真的。

面对脱胎换骨的卡莱，冬夏有点怔忡。怪不得一路走来，只看见一个穿着套头卫衣、戴海蓝色太阳镜的少年，冬夏也没顾上多看，却怎么也没想到会是卡莱。

两人都一时站在那里无语。正在这时，传来丽卿的招呼：

"冬夏，冬夏！赶紧过来。该你了！"

丽卿坐在中央，向大家简短致辞，再一次重申了训练营规则，十四天的禅修计划，接下来就是破冰游戏，玩一个击掌传球的游戏，需要冬夏背对大家击掌，掌声停，网球传到谁手里，谁就自报家门。

冬夏按捺住心跳，看了一眼卡莱，心神不宁地坐在离大家稍远的地方，开始闭眼击掌。

看见冬夏的窘态，卡莱会心地笑起来，走过来，加入了破冰游戏。这次参加训练营，他特意叮嘱了丽卿替他保密——他要以全新的形象给冬夏一个崭新的印象！

随着游戏进入高潮，冬夏击掌越来越快，大家手里的球也传得越来越快。每当有谁因为过度紧张而接不住球，导致网球滚落，都简直成了大家抑制不住的笑点。此时在座的人们，似乎都成了一群回归天然的孩子，简单的游戏，却心无旁骛，玩得不亦乐乎。

到游戏结束时，本来拘谨的人们，已经自发地组成了一个温馨交谈的团体。第二天是仲夏节，在瑞典的节日里，仲夏节算得上是仅次于圣诞节的第二大节日。在很久之前，人们不仅要在当天穿起盛装、树起扎满花草谷穗的十字花柱，围着花柱拉着手转圈跳舞唱歌，向上天献祭，问询好收成，也是"关关雎鸠，在河之洲"的好时候，青年男女们你情我愿、将采摘的七色野花压在枕头底下，表达爱意。

有心的丽卿已经找人在营地事先扎好了呈十字架形的仲夏花柱，高耸在营地上就如旗杆一般。大家接下来的任务，就是组成互助小组，分头去采摘装饰花柱用的花花草草，做成花环挂在花柱两头，再在仲夏节当天合力立起花柱。

丽卿忙着和大家交流，布置了任务。领了任务的人们哼着仲夏节必唱的小青蛙之歌，四下散去，采摘野花浆果。冬夏拎着采花的篮子，仿佛在林间发现了新天地，这儿看看，那儿看看。闻着森林里弥漫的夹杂着松针和蘑菇的清香味，她将不断采摘的不知名的野花和蘑菇放进篮里。刚走了两步，发现卡莱已经捷足先登站在那里，她拎了篮子便往回走。

卡莱三步并作两步跑过来，挡在她前面："干吗！我又不是森林妖怪，怕吃了你啊！"

冬夏道："你让不让开？别让我动手，还不赶紧去找你的可可。"

"什么可可？"冬夏的话让卡莱一头雾水。

"以为我没看见吗？春天的时候我可是亲眼看见你和可可从ESSPRESSO出来，别告诉我那不是你！"

冬夏的话让卡莱恍然大悟，他愣了一下，转而开心地笑起来："怎么，吃醋了啊？你不会是爱上我了吧？咦，那位汉学教授呢？没跟着来？"

"什么汉学教授？"冬夏也被问得愣了一下。

"可别说你跟汉学教授没什么啊！我可是亲眼看见你俩在大街上又搂又抱，你还倒在别人怀里！"

"你胡说什么！我是脚崴了好不好！"冬夏自己也不知道为什么，要向他大声辩解。

"算了，不跟你说了！"她红了脸，推开卡莱往回走。

谁知卡莱一把拉住了冬夏，将一把扎好的七色野花放进她手心，神情严肃，定定地看着她，冬夏感觉到了他因紧张而微微发抖的声音："冬夏，做我女朋友好不好？"

冬夏听了这句话，定了定，转头用黑白分明的眼睛看着他："开什么玩笑！你知道我是谁吗？你知道我的过去吗？你知道我为什么进监狱吗？你知道我比你大多少岁吗？你知道我为什么来瑞典吗？你，你什么都不知道！你怎么就敢让我当你的女朋友！"她甩开了他的手。

"冬夏，我不管你是谁，我不管你有什么样的过去，年龄对我来说根本无所谓。但我想知道你为什么来瑞典，我更想知道你一个人的时候为什么总是那么悲伤。我想分担你的悲伤。"

听着这些话，冬夏觉得自己的心都碎了。尤其那一句"一个人的时候为什么总是那么悲伤"，让她完全没有了抵抗力。她低着头站在那里，尽力咬着嘴唇，不让自己的眼泪掉下来。

"冬夏，从那次在码头你哭着回来的路上遇见你，我就爱上了你，不，也许更早，也许在中国我们俩领结婚证的时候我就爱上了你。虽然结婚证是假的，后来又作废了，但在我心里，那是真的！一直都是真的！"卡莱说着，紧张地看着冬夏。

"对不起，是我冒昧了！原本我这样一个人，不该爱你，你应该得到更好的。"看见冬夏久久不语，卡莱突然失去了勇气和信心，他松开拉着冬夏胳膊的手，只想在冬夏拒绝之前逃跑。

"今夜十二点，这里，我等你！"说罢，冬夏挎着篮子，步伐缓慢而坚定地离开了。她决心向卡莱坦白，在爱还没有开始的时候，坦白她的一切秘密。

然而，就在她往回走的时候，林子里忽然传来小女孩安娜的一声尖叫："啊，蛇！"

听见有蛇，林子里顿时喧哗起来，大家都从帐篷里钻出来一探究竟。本来闭目养神的丽卿听见叫声，第一个奔出来冲向女孩。

"怎么会有蛇？拜托，千万别出事，千万别出事！"她一边心里紧张万分地祈祷着，一边奔向安娜。

"别过来！都别过来！她没事！没有蛇！我求你们了，都别过来！她有臆想症，不能受惊吓！"看见惊着了大家，安娜的妈妈一边跪坐在地上紧紧抱着安娜，将她拥在怀里，一边朝大家摆手示意。

听见这样说，大家急忙轻手轻脚地待在原地。

在妈妈的安抚下，小女孩渐渐平静下来，乖巧地将头依在妈妈怀里，一声不吭。

确认女孩没事之后，虚惊一场的人们慢慢散去，森林里恢复了刚才的安静。

丽卿、冬夏以及卡莱帮着妈妈将小女孩裹着毛毯，抱回帐篷。

"对不起，也许今天的出行让她太兴奋了！"妈妈歉意地看着大家，握了握丽卿的手。

丽卿没有说话，只是用力地回握了一下这位妈妈的手："不要这样说，这就是我们来这里的目的。"

众人散去。

两人坐在潺潺的小溪旁，冬夏侧身看着旁边的卡莱。

"冬夏，你知道大导演英格玛·伯格曼曾经在他的《夏夜的微笑》里写过什么吗？他写：北欧夏日的夜晚要微笑三次，第一次是从午夜到黎明，地平线露出温柔的曦光，它是送给年轻的恋人的；第二次，天空破晓，鸟声啾啾，夏天的微笑献给丑角、傻瓜和无可救药的人们；第三次微笑出现时，天光大亮，这次的微笑是送给那些愁苦、忧郁、失眠、迷惑、担惊受怕和孤独的人们。冬夏，你是第三次微笑的人吗？为什么你一个人的时候看起来总是那么悲伤？"卡莱凝视着冬夏。

"如果这次的微笑是送给那些愁苦、忧郁、失眠、迷惑、担惊受怕和孤独的人们，那么我是。"

冬夏看着欢快的溪水，深吸了一口气，决定向卡莱讲一个故事。

08

冬夏的故事

春 日 风 徐 徐

一 朵 云 的 乌 影

却 从 海 滩 笼 罩

这是一个悲伤的故事，故事还得从一个小城说起。

这是一座江南的小城。

小城不大，却有着长长的巷道、青石板的路和桥。

家家户户的房前屋后，都种着那么几株栀子花树。年年初夏，栀子花次第开放，于是，整个城都浸染在栀子花氤氲的香气里。

这年的夏天，梅雨季节来临之前，在栀子花开得最繁盛的那户人家里，诞下一个女婴。外公外婆喜欢极了这个女婴。桃之夭夭，灼灼其华，起名春。

春的外公在街上开着个药铺，是远近闻名的老中医。外婆跟着外公打下手，最后也成了一名极好的接生婆。据说，附近十里八村的娃娃，有一大半都是春的外婆接生下来的。春也不例外。

春接受着外公外婆悉心的照料，一天一个样，很快就长成了人见人爱、就像杨柳青年画上骑金鱼的娃娃般可爱的大胖娃娃。

百日抓周这天，外公外婆为春摆下了宴席，邀请十里八村的人们都来参加外孙女的盛宴。

谁知这天，往回赶的春做县长的父亲，却在路上遭遇了车祸，不幸去世了。

喜宴变成丧宴，大家都认定这个女娃是个不祥之物，克死了自己的父亲。连女娃的母亲也因为丧夫之痛，此后对她厌恶起来，给她找了奶娘，不愿她再近自己的身。

可女娃的外公还是那么疼她，为着大家对她的厌弃，更加悉心地照料她。

因她抓周那日抓了古琴不放，外公便请了小城里的琴师，专门教她弹琴。闲暇时，也亲自教她读书识字。

小城日子慢，光阴长。练字习琴中，过去的事情就都淡忘了。女娃在缓慢的光阴里慢慢长大起来，成了一个可爱的女孩。

"春丫头！"大家都这么亲切地叫她。

春的妈妈是省委外事办主任，后来又找了第二任丈夫，春的继父。

继父是以前春父亲的秘书。

虽然比春的妈妈小两岁，但继父贪恋权力，用婚姻和春的妈妈做了笔交易：以他未婚的身份以及承诺对春的爱护，和春的妈妈结婚，但春的妈妈必须在官场上帮助他扶摇直上。

两人就怀着这样的目的结了婚。

结了婚的两人，虽然名为夫妻，却为了仕途，各自忙碌，长年分居两地。婚后不久，春的妈妈调任外事部，随后常年驻扎国外。继父却也信守承诺，到了春上学的年龄，将春从小城里接来与自己同住，上学起居，一应照料。

一晃十年。这期间，最疼爱春的外公过世。照料的过程中，常年单身的继父对渐渐长大的春起了歹心，开始动手动脚。

又一年春节团聚，春虽然不谙男女之事，也知道这不是好事，对旁人羞于启齿，怀着重重的心事，只将这样的事讲给最可信赖的妈妈。

而妈妈因为和丈夫刚添了小女冬夏，爱若掌上明珠。因着从前对长女照顾上的欠缺和内疚，妈妈便将这一腔母爱，加倍地给了小女冬夏，将她亲自带在身边。为了不让冬夏受到任何阴影，也为了自己和丈夫苦心经营起来的家业仕途不毁于一旦，便昧着良心做了歹人，反过来顺手给春一个耳光，好一顿责骂，斥她不满继父严格教育信口雌黄。

得了母亲的耳光和斥责，春不再辩解，行事却逐渐变得乖僻。唯一与她交好者，便是幼时一起玩耍长大的奶娘家的儿子家伟。春十六岁时，年长她三岁的家伟已经寒窗苦读，考取大学。

临行前，春为他高兴，也为着自己的苦闷，两人结伴出行，吃着酒菜，多饮了几杯，回来便醉倒。继父趁机玷污了她。而后月信不至，春方知道自己已经有孕。

为了不暴露自己的劣行，继父对赶回来的妻子谎称乃家伟糟蹋春所致。春百口莫辩，为不连累清白无辜的家伟，愿生下胎儿以验真伪。

为掩丑事，春的母亲请来春的外婆，喂春吃下安眠药，强行私下打胎，导致大出血，命悬一线，不得已，只好送至医院抢救。

其时正值 20 世纪 80 年代全国对各类犯罪严打高峰，为推卸责任，全家人一口咬定强奸致春有孕乃家伟所为。

抢救过来的春见胎既以打掉，又闻家伟已入狱，万念俱灰，自惭自恨，吞下大量安眠药自杀。却未料药不致死，只伤及神经，抢救过来之后成了痴傻之人。疯疯癫癫，谁也不认。唯有外公送与她的一张古琴，旧时曲谱记忆犹新。

见此情景，家人无奈，只好将她送入精神病院，了其余生。不知情的群众无不感叹这家人夫妇能干，干着出将入相的事业，却家门不幸，有此不肖之女。

对于这一切，年幼的冬夏毫不知情，家人更是从不提及。这个在爸爸妈妈百般呵护下长大的小公主，无忧无虑、父慈母爱，享尽人间亲情富贵。在儿时生活里影子般存在过的姐姐，早已被淡忘在妹妹冬夏遥远的记忆里。

直到有一天，一位衣衫褴褛、容貌憔悴的乡下老妇找上门来，求冬夏的父母亲为儿子减刑出狱。无意中偷听到的冬夏才知道，原来一派祥和的家里，竟有着这样的黑历史。

最终，在冬夏的坚持下，父母亲以受害人家属的身份，请求为家伟减刑，加上家伟在狱中良好的表现，终于在被关了十八年之后，家伟出狱，得见天日。

"对不起，是我们家做得不仁不义！"站在河边，冬夏深深代替父母亲向这位大哥哥致以最深的歉意。

"不，小妹，这么多年，一直应该对你姐姐说对不起的人是我！"历尽沧桑的家伟看着长河东流，"如果我当年再勇敢一点，春也许就不是那样的结果，是我的自私和懦弱害了她。"他远眺河畔，河畔边的芦苇上，晃晃悠悠站着两只休憩的水鸟。

"你说什么？"冬夏不解地看着他。

"当年，我考上大学，你姐姐来为我送行。她用了一个别人的故事，委婉地告诉了我她的遭遇。虽然那时我隐约猜到了故事中那可怜的女孩便是她，那是她的亲身遭遇。但一想到自己马上要成为天之骄子，享受象牙塔里的生活，而且，那时你父母大权在握，如日中天，就算我知道了真相又能怎样？我不想惹麻烦！于是面对你姐姐抓住最后一根稻草般

古琴

的求助，我假装听不懂，选择了逃避。"

"但是冬夏，我明明从小到大，是一直爱护呵护着你姐姐的啊。即便没有爱慕，单单看见一个单纯无助的女孩深陷泥潭，我也应该拉一把的啊。可是我没有。最后为了那一点可怜的功名和人性的自私，我选择在她最需要我的时候扔下她。所以这些年，这些惩罚，是我应该受的。"

冬夏一时无语。

家伟出狱后不久，冬夏立即和他一起拿着父母的证明，去精神病院接出了姐姐春。

此时的春，已经不大认识人了。之后的日子，春在家伟的悉心照料下，慢慢康复起来。在第三年的时候，姐姐和家伟办了婚礼，之后有了一个可爱的女儿，取名贝贝。

但姐姐却因为长年精神失常的折磨和药物的影响，在月子里旧疾复发，不堪重负，最终再一次大量吞安眠药自杀。

春死后，冬夏在古琴下找到了姐姐旧时临的一幅字帖，字帖上写着：

> 今夕何夕，得遇良人？然奈何我不知君，君不知我。攀舟中流，载我归去。

冬夏收起字帖，悄悄放进了姐姐的梳妆匣。

贝贝尚在襁褓，悲痛难以自拔的家伟托冬夏暂时代为照顾。身为小姨的冬夏负起了抚养的责任。

因为姐姐的阴影，冬夏对父母也难以再像从前那样亲近和信任。

她在大学毕业拼搏阶段，要上班，不得已，上班的时候，只能嘱咐母亲好好照顾贝贝。她千叮咛万嘱咐，叮嘱母亲不要让父亲接近贝贝，她相信这也是姐姐在天之灵的意思。

然而事总与愿违。

冬夏清楚地记得出事那天，一清早出门便不顺，仿佛都有种种预兆：先是看见一只猫被压死在路当中，到了单位，又接到前一天好不容易谈判成的一笔单子的退货通知。压着火气上完班，下班出来却看到热恋的男友正搂着一个女孩招摇过市。

紧接着，接到整日喝得醉醺醺的家伟打来的电话，絮絮叨叨抱怨命运对他的不公。

再接着，上楼，推开房门，就看到贝贝精赤着身子躺在卫生间婴儿换洗台上，而父亲，正站在她跟前。

冬夏脑袋"嗡"的一声，一股热血涌上心头，不由分说，一个箭步冲上前，一把用力推开父亲，将贝贝抱起来紧紧搂在怀里。

待听到从卧室出来拿着一条纸尿裤的母亲一声尖叫，冬夏回头一看，才发现父亲头磕在桌角，血流了一地，已经倒在地上昏死过去。

最终，因为高血压并发症，父亲在重症室抢救了几天，不治而亡。

而冬夏，也因为过失杀人，判有期徒刑七年。

故事讲完了。

两人坐在溪边，久久没有声音。寂静的夜里，潺潺的溪水声越发响亮欢快。

过了好一会儿，卡莱似乎才从这个令人窒息的故事里走出来，长吁了一口气。

　　他从口袋里掏出那只曾经被冬夏扔进垃圾桶的小熊，挽了一个结，挂在她胸前，之后，伸出手臂，将她紧紧搂在怀里。

　　"冬夏，你从此以后有我！我会好好对你，爱你、保护你！答应我，以后不要让自己置身于危险之中，好么？"

　　冬夏摸摸小熊，点点头，依偎在卡莱并不厚实的肩膀上。

　　讲了这样一个长长的故事，她的确累了。头靠在卡莱温热的、散发着青年男子特有的细细的汗味的怀里，冬夏疲倦而踏实地闭上了眼睛。

中

卷

09

女人想要的是什么

蒸 足 浴

舒 适 间

惟 听 秋 雨 鞭 空 阁

从森林溪地夏令营回来，丽卿一路上提心吊胆。安全第一，赚钱第二，不求有功，但求无过。还好全部人马安全带出，安全带回。

　　一到家，卸下行囊，她大大地长出了一口气，四仰八叉倒在沙发上，再也懒得动弹。

　　待缓过来，她四处打量，原以为自己不在的这些日子，房子会被留守的几个人搞得一团糟，三个长不大的孩子，加上一个不省事的大人，过着不定怎样惨的日子，眼巴巴地盼着她回来。她积攒了满肚子的话，就等着回来站在凌乱的屋中央，站在一家人可怜巴巴请求原谅的眼神里，女神一般鸡飞狗跳地发落他们，让他们该扫地的扫地、该刷锅的刷锅、该收拾报纸的收拾报纸。然而回到家，她惊奇地发现，一切完全不是预想中那回事。没有她，一家人过得一样好。除了餐台上多了几个还没来得及收拾的比萨饼盒，用过的刀子叉子碗盘都洗得干干净净整整齐齐，分门别类躺在碗柜各自该待的位置。打开洗衣机，里面也没有堆积如山的脏衣服。

　　她走出走进，楼上楼下到处打量，屋子还是原来的屋子，但没有朝她想象中脏乱的方向走，虽然是老样子，却额外凸显出井然有序来。推开卧室门，走之前含苞欲放的一盆蟹爪兰，此时已经全部怒放，水粉色的花朵，给拉着厚厚窗帘的卧室增添了一抹清雅的亮色。

怅然若失地走到窗前，慢慢拉开窗帘，院子里的苹果树已经挂满了拳头大的青苹果。一张帆布吊床系在两棵树中间，吊床上放着两本被风吹得微微翻页的书。

看来，即便没有她这个女主人在，生活还是一派波澜不惊，岁月静好。那么她在不在，对这个家来说根本就无所谓了吧。可是，此前她十年如一日的付出又是为了什么？意义何在？想到此，她全身像泄了气的皮球似的，比回来之前更没力气。

正伤神着，楼下挂在门上的铃铛响起来。随着铃铛响，传来冬夏和安德士边说话边往里走的声音。

"哈喽，亲爱的，回来了啊！欢迎回来！"安德士朝屋里喊。

丽卿听见喊声，凑在梳妆镜前左右看了看，抓起梳子梳了两把头发，走下了楼。

冬夏喊着累累累，将背包随手朝地上一丢，躺在沙发上再不肯动弹。

看见妻子下来，安德士给了她一个大大的拥抱。一起跟进来的小儿子埃克森外向活泼，一把跑上前搂住妈妈的脖子，给了妈妈一个大大的吻。

"饿了吧？我去做饭。"丽卿默默地转身走向厨房。

见妻子如此模样，过了一小会儿，客厅里的安德士和埃克森忽然嘀嘀咕咕："哎呀，快快快，就塞到沙发底下，别让你妈看见！"

丽卿一听他俩这样说，顿时来劲了，赶紧走出来："说啥呢？说啥呢！又干什么坏事了！"

爷儿俩站在那里，儿子指指老爸，老爸指指儿子，互相推诿责任。

丽卿跪下来朝沙发底下一探头，哎呀，只见乐高、书本、臭袜子、挽成团的脏衣服，统统在沙发底下现了原形。

丽卿捞出几只袜子，站起来，在两人跟前晃了晃："我咋就知道你们是这出呢！合着我还真以为你们出息了！"

"老婆，不行，这个家还得你来！没有你我们简直活不下去！"安德士可怜巴巴地上前，从背后抱住丽卿。

"得，知道就好！赶紧忙你的去！待会儿下来吃饭！"经过这么一个回合，丽卿心情骤然晴朗，哼着歌在厨房开始收拾，洗菜切菜做饭。

冬夏将这一切看在眼里，待丽卿转身，她悄悄用手点了点安德士。安德士两手一摊，回了个"我有什么办法"的标准耸肩，上了楼。

看着丽卿忙碌的身影，冬夏心里叹口气："唉，女人啊！可爱是你，可怜也是你！被大堆家务活压着，你抱怨。没有了家务活，你又失落。你到底想要什么呢？难道女人在生活和家务活之间，就没有个平衡点吗？"

知妻莫若夫。刚才，眼见妻子脸色不对，冬夏亲眼看见安德士悄悄拉着埃克森，将本来已经洗净放在衣柜里的衣服和脚上的袜子脱下来，胡乱塞进沙发底下，又把玩具书本随便拿几本，往沙发底下一顿乱放——他是知道妻子想要什么，怎样逗妻子开心的！这个聪明的资深程序员，其实一点也不木讷。

对了！存在感、价值感、被需要感。女人在家庭里，要的不就是这些吗！所以她们宁愿劳累，宁愿抱怨，宁愿淹没在没完没了的家务活里，宁愿在沉重繁琐的家务活里日复一日地老去，也不愿被丈夫忽视，被孩子们忽视。母性最原始的欲望，就像大学时代假期旅行曾经去过的、依然沿袭母系氏族遗风的云南摩梭族村寨：象征家庭核心的屋子中央的火塘边，最尊贵的居中位置，永远是老祖母的，别人无可替代。所以即便颤颤巍巍，每到饭时，掌勺布饭的权利，还要老祖母来行使。

对，女人要的，不就是对家里的掌勺权吗？所以宁愿一边抱怨，一边操劳。就连以前强势的母亲，即便做到大使级别，不是回到家也依然以伺候一家大小的吃穿住行为己任吗？

"林先生的皮鞋都是我擦的！我是不会容忍他穿沾一点灰尘的皮鞋出门的！"

"还说呢，我家那位，要是早上不吃我做的早餐，一天上班都打不起精神。"

"咳，别提了！上回我受寒发高烧，病在床上起不来，还是硬撑着下地给一家老小做饭。唉哟，真是饭来张口，衣来伸手！我不做饭，一家人是会饿坏肚子的！"

机关一堆妇女干部们休息时，总爱端着保温杯站在花园聊天。小时候妈妈上班，放学早的冬夏搬个小凳子、小桌子在花园里和小伙伴们一边写作业，一边听着那边紫藤花开的长廊下妈妈和阿姨们低语浅笑地交谈，只觉得温馨美好。现在想想那些谈话内容，一个个女人的一生，不由得不令人惊心。

冬夏忽然仿佛在两性之间找到了一个平衡点：女人若拿起姿态，少做一点家务，便可受到孩子和丈夫的更多尊重。男人若放下身段多做一点家务，家庭基石便可更加稳固。瞧瞧，这只不过是男人和女人之间彼此让出的一小步，家庭文明却迈进一大步！

她沉思地看着丽卿忙碌的身影。这个风姿绰约、心窍玲珑的女人，

098

虽然身为心理学家，却俨然被那一点"这个家离了我就转不了"的虚荣的女主人存在感蒙蔽了双眼。而在这一点上，安德士远比她看得清，知道妻子需要的是什么。

人都是不能惯的，一个家庭中，女人只要埋着头系着围裙越做越多，丈夫便只能日益四体不勤、五谷不分，最终"失去"生活的能力，被妻子伺候着。只要丈夫越是需要被伺候着，女人便越愉悦和满足。"懒惰的"丈夫，给了她们不惜消磨花容月貌也要捍卫的"女主人"的存在感！

冬夏灵机一动。

"丽卿，我要开一个公司！名字就叫做'HON&HAN① 女性空间'！"冬夏朝丽卿宣布。

"开吧开吧，反正你一直是想一出是一出。何况瑞典这边，是个人都能开公司。开吧！支持你啊！开成商业贸易公司还是 AB② 有限公司？商业贸易公司零注册，可财务跟你的私人账户挂钩。AB 有限公司五万克朗起注册，好处就在于回头开不下去了，直接申请破产就成，对你个人资产没影响。自己掂量掂量。话说到这里，别说我没帮你啊！"丽卿炒好了最后一个菜，洗洗手，解下了围裙。

"什么啊！你都没问我要开什么公司！"冬夏不满地抗议。

"吃饭了啊！都下楼了！"丽卿一边敲敲挂在墙壁上的一面小铜锣，一边朝楼上喊。

"好了，现在说吧！你要开什么公司？公司啥名来着？"饭菜布置

① 瑞典语，她 & 他。冬夏起这个名字，意即两性的平等。
② 瑞典语 Aktiebolag 的缩写，瑞典公司形式的一种。

停当，丽卿才歇下来，一边盛了碗汤喝，一边问冬夏。

"算了，改天再给你说。"冬夏看着丽卿心不在焉的样子，打消了畅谈的念头。吃饭的时候，她对丽卿说道："生日的时候给你送一套 EVA SOLO① 的厨具吧！新时代女性简约主义典范，让炒菜做饭也成为一种享受。"

"真的啊？那就太感谢啦！我也想让炒菜做饭成为一种享受啊。"丽卿长长叹了口气。

"冬夏，弗洛克是你的朋友吧？"饭桌上，安德士一边用刀叉切割一只烤鸡腿，一边问冬夏。

"哦，算是吧！怎么了？"冬夏回答。

"我公司财务部的露易丝好像对他挺有意思，知道你和他认识，托我打听一下这个人的联系方式。"安德士用叉子卷起一块鸡肉，就着米饭送进嘴里。

"露易丝看上弗洛克了？她不是谁也看不上吗？我就看不惯她那自视清高的劲儿。去年你们公司圣诞酒会上，看着大家都是中国人，我好心跟她搭话，结果人家端着酒杯就转过身装没看见。"丽卿不满丈夫多管闲事。

"也许人家是真没看见呢？她性格是有点怪。我们大家平时除了工作，跟她也没话说。"安德士回答，卷起一叉子青椒土豆丝。

"这已经不是怪了吧！这是人品问题了吧！明明自己是从中国领养来的孤儿，虽然在瑞典长大，但也不至于别人一问是哪国人，就非要说

① 北欧丹麦著名厨具设计品牌，成立于 1913 年，秉持"让做饭变成一种艺术和享受"设计理念，是北欧简约主义设计的典范之一。

自己是瑞典人啊。"丽卿喝了一口藕汤。

"那她要怎么说？"埃克森问道。其实他在学校也有同样的困惑。

"来自中国，在瑞典长大。很简单啊！"丽卿回答。

"那我怎么说？"埃克森问。

"妈妈是中国人，爸爸是瑞典人，在瑞典出生长大。埃克森，你不至于连这都不会说吧？"丽卿诧异地打量着儿子。

儿子秉承了瑞典男孩的羞涩劲，被妈妈说，不好意思地笑了笑。

"行，我问问弗洛克吧。如果那个露易丝真有意思的话，我可以帮她约约弗洛克，大家找机会出来 FIKA 一下，这样认识就比较自然。"冬夏说道。

"好的，没问题，就这么说定了。"安德士吃完饭，丽卿的咖啡已经煮好端上来。他喝了一口咖啡，显然满足极了。

"真被丽卿伺候成了地主家的二少爷！"看着被丽卿伺候得身材越来越圆润富态的安德士，冬夏心里暗暗好笑。

10
微毒半夏

大　雨　如　注

她　的　小　傘

在　吾　之　大　傘　下

秋意浓浓的时候，冬夏帮露易丝约到了弗洛克。

　　按照约定的时间在哈嘎老街咖啡馆见面，守时的露易丝掐着点出现在了咖啡馆。反而是弗洛克，因故迟到一点。

　　冬夏和露易丝见面、握手，要了两杯水，坐在那里一边等弗洛克，一边聊天。

　　露易丝比冬夏年长两岁，高高的个子，细眉细眼小嘴，眼睛眯眯的，给人一种没睡醒的感觉，配着亲切的眼神，反而平白使整个人增添了几分妩媚慵懒。再加上波波头卷发，身材匀称，冬夏一打眼便知她一定经常跑步，一问果然是。聊了几句，冬夏便预感弗洛克一定会喜欢她。自己对眼前这个人淡如菊、气质高雅的女人，也充满了好感。

　　冬夏自己爱运动，和热爱运动的人一向有共同话题。两人从平日的跑步锻炼聊起，直到海里游泳、室内器械、定向越野、丹麦橘黄车道单车大赛、哥德堡二十一公里环城半马拉松，真是"酒逢知己千杯少"。直到弗洛克站到二人跟前，两人才意犹未尽地暂时打住。

　　"嗨，弗洛克。冬夏的朋友。"弗洛克握了握露易丝的手，自我介绍。

　　"嗨，露易丝。冬夏的，新晋朋友！"露易丝爽快地看着冬夏。冬夏点点头，给了她一个肯定的答复。大家笑笑，就座。

"露易丝！您的中国名字是？"弗洛克教授轻啜了一口咖啡。

"抱歉，养父母是瑞典人，我自己中国朋友也很少，所以就只有露易丝这一个名字用到了现在。"露易丝笑笑。

"不如请这位大名鼎鼎的汉学教授给起一个啊！"冬夏天真地笑着，眼睛在摇曳的烛光里显得分外闪闪发亮。

虽然才坐不到一刻钟，但两人的性格在弗洛克眼里已经泾渭分明：露易丝端庄知性，冬夏机灵睿智；露易丝静如秋花，冬夏动如春水。

三个人用瑞典语聊天。

露易丝从两岁领养过来就在瑞典长大，瑞典语算是半个母语，虽然在学校里学过几年汉语，但因为总没有机会说，说起来结结巴巴，还不如弗洛克这位汉学教授的汉语表达得清晰地道。听到冬夏这样建议，弗洛克笑起来，看向露易丝，露易丝笑道："真的啊？那太好了！我一直想有一个中国名字，但遗憾总是没有找到合适的。"

"恩！就叫半夏如何？"弗洛克思索片刻，看着露易丝。

"半夏？有什么含义吗？该不是她叫冬夏，我就叫半夏吧？"露易丝饶有兴趣地啜一口咖啡，看着弗洛克。

"云母屏开，珍珠帘闭，防风吹散沉香。离情抑郁，金缕织流黄。柏影桂枝交映，从容起，弄水银塘。连翘首，惊过半夏，凉透薄荷裳。这就是你半夏名字的由来。半夏也是一味草药，除燥湿，有微毒。"弗洛克解释。

"喔！！好一个惊过半夏，凉透薄荷裳。"

冬夏和露易丝同时为弗洛克的才情惊呆了。两人崇拜地看着他。这崇拜的眼神让弗洛克得到了极大的满足，他矜持地端起咖啡，扫视二人，笑而不语，抿了一口咖啡。

"好！半夏，这个名字我喜欢。记住，半夏有毒哦！"露易丝满意地接受了新名字，"那么您呢，大教授？您这么学贯中西，想必一定有一个响当当的中文名字吧！"

"有的。阿呆！我叫阿呆。"弗洛克严肃地回答，不像是开玩笑。

冬夏和半夏愣了片刻，哈哈大笑起来。她们觉得这个大教授，怎么也一定会有一个振聋发聩的、响亮的中文名，没想到却是这么一个名字。她俩毫不掩饰自己的意外。

弗洛克自嘲地耸耸肩，温和地看着她俩。

"嗯，竹筒夫子！我看阿呆这名字妙得很，蛮适合你。"笑够了，冬夏总结道。

听到冬夏称他竹筒夫子，弗洛克连连颔首："嗯，我是竹筒夫子，只要你没叫我书蠹就可以了。"

"竹筒夫子？书蠹？"后面几句已经超过了半夏中文知识的范围，她好奇地问。

冬夏正要解释，忽然看见下了课的卡莱骑着车过来，正在门外锁车。

原来卡莱自打上次跟冬夏森林训练营回来确定了男女朋友关系，精神受到鼓舞，也发誓生活要重新来过。在冬夏的鼓励下，他又拿起放了几年没写完的论文，准备一鼓作气，把论文写完，赶紧找工作。

冬夏支持他，他也支持冬夏。今天特意早点做完实验，从实验室出来，陪冬夏去公司局咨询开公司事宜。

卡莱夹着自行车头盔走进来，腼腆地向大家打招呼。

"我的男朋友，卡莱！"冬夏大方地向大家介绍。

听到冬夏已经有男朋友，弗洛克显得有点失落，讪讪地跟卡莱握了握手。

冬夏要去公司局询问开公司的事宜，半夏饶有兴趣，问公司是关于什么的，要做什么生意。

"HON&HAN 自创品牌，简称 H&H，主打女性独立自主意识。只是一个雏形啦，正在孵化期。"冬夏答。

"不错哎！不过瑞典税法很严格，你开公司一定要注意这一点。财务审计是我的专业，如果财务方面还没有合适人选，你可以考虑将来聘请我为你的公司报账。"半夏认真地说。

可能因为瘦和短发的缘故，长腿鹤似的，加上举止矜持，半夏总给人一种难以接近的感觉。她独来独往惯了，平常除了和养父母通通电话，和为数不多的几个好友 AFTERWORK 一下，假期陪同养父母在瑞典南部斯科纳的海边度假屋小住，平常基本上不和人来往。但不知为什么，认识了冬夏，虽然是初次交往，她已经对冬夏好感满分。

"冬夏，她说的是真的，这个你真的可以考虑。"卡莱看着冬夏。

"好的。保持联系！"冬夏做了联络的手势和卡莱离去。

剩下弗洛克和半夏两人，又坐了一会儿，咖啡喝得也差不多了，看看时间，已近晚饭时分。弗洛克借口去超市购物准备第二天要带的盒饭，想起身告辞。

冰雪聪明的半夏道："正巧，我也要准备我的盒饭，附近就有超市，可以一起购物！"

"也行！"弗洛克答应了。

超市里蔬菜堆得琳琅满目，不同种类分门别类，整整齐齐码起放好，十分赏心悦目。瑞典除了树木、钢铁、水资源与高科技为世人瞩目，生活用品，特别是食品，实难自给自足，大部分都由西班牙、意大利，甚至中国进口。弗洛克是素食主义者，所以只看有机蔬菜。

"这么巧？我也是！"半夏惊喜地回答。

"是吗？"弗洛克看着半夏，一下子亲近了很多。

再购物，两人话题多起来。半夏一边谈高丽蓟的六种做法，一边讲解不同蔬菜的不同营养搭配。果然，购物结束的时候，已经被半夏说得饥肠辘辘的弗洛克，不由自主地邀请半夏去他家里做饭。

两人站在超市外，城市里的月光倾泻下来，将半夏的脸庞映成了迷人的白月光。

望着弗洛克迫切的眼神，半夏正中下怀。她本来心里就中意弗洛克，又加上今晚的交谈，已经彻底被弗洛克温文尔雅的博学风度折服，很想立刻就答应下来。

但她知道如果这样的话，她可能会很快失去眼前这个男人。男女约会，第一次谨记不要恋战，要在两情正酣的时候来个勾魂荡魄急刹车，这样才有更有意义的下一次。

她笑微微地看着弗洛克，轻轻摇摇头："不啦，工作一天，有点累啦！想早点休息。你也一样吧？下次见哦！"

见她这么说，弗洛克很绅士地颔首，两人有节制地拥抱，说了再见。

再说冬夏，和卡莱咨询完公司事宜，她还在岛上丽卿那里住，卡莱陪她回去。卡莱最近写论文经常要去学校，申请到一个刚好空出来的麻雀虽小、五脏俱全的独立学生房，搬出了以前和人合租的套间，回来的路上，便鼓足了勇气，问冬夏要不要从丽卿家搬出来，跟他一起住。

其实冬夏也一直在为房子的事发愁。虽然住在丽卿家里方便，但到底是寄人篱下。平常只要安德士在，即便再不舒服，她也一定是穿戴整齐。但其实在家里她更喜欢穿着自在，别的不说，至少不用一直穿着文胸。就这一点，她就十分心动。

这两人说风就是雨，一旦决定了，马上行动。转天卡莱就借了朋友的车，将冬夏的行李——一个皮箱、两包衣服及零碎，搬到了新家。

冬夏打来瑞典就住在丽卿家里，丽卿还记得当年冬夏拎着一口皮箱，一头短发，一脸倔强地从码头船上走下来的样子，现如今，一转眼，三四个年头已经过去了。

"三岁就是一代啊！这话真没说错！"丽卿打量着比她小三岁的冬夏。

她看着因为爱情的滋润光彩照人的冬夏，再摸摸自己老妈子一样的手和渐渐松垮的脸。当年家里贫困，她初中毕业在家帮妈妈干家务活，耽误了三年。多亏自己对学业不放弃，打动了父母亲，才又得以接着上高中，最后一鼓作气考上大学，可年龄却比同班同学们大着三岁。每次和冬夏走在一起，被当成姐姐的那个总是她，可见冬夏看起来确实是比自己小很多。

"住在一起也好，互相了解，才知道彼此是不是合适的。"她叮嘱着冬夏，再看看院子外忙着搬行李、一改往日颓废形象、阳光俊美的卡莱，即使行李再重，也要腾出一只手和冬夏拉着。丽卿心里忽然泛起一股淡淡的、莫名的惆怅和醋意。

　　她和安德士虽然天天早上出门吻别，晚上进门拥抱，可那更像是习惯使然的夫妻礼节，里面全然没有柔情蜜意你侬我侬的成分。看着小情侣卿卿我我的样子，她忽然惊觉，她和安德士打小儿子埃克森出生以后，基本上就没怎么做过爱。

　　自从接手独立项目后，安德士的代码天赋简直发挥到极致，对喜爱的工作投入了极大的热情，常常不自觉敲代码到深夜。为了不影响妻儿休息，他索性在书房安放了睡卧两用沙发，工作到半夜，躺在沙发床上就睡了。久而久之，书房慢慢变成了卧室。

　　埃克森六岁以前都是和丽卿同睡，现如今小儿郎长大了，成了小小男子汉，可以勇敢地自己睡了。上了学校里的学前班，他的小伙伴们也多起来，不再像从前那样粘着妈妈了。孩子们成长了，丽卿空下来，掐指一算，整整六年！天哪！这日子过得，几年没做爱，竟然浑然不觉！

　　虽然她一直在冬夏面前抱怨安德士的拖延症和一地鸡毛的生活，但内心知道，最令她难以启齿的，却是夫妻间最本质的性爱问题。也许是自己一心在孩子们身上，疏忽丈夫太久了？想到此，她心里一阵愧疚。想当初丈夫在这方面也是十分积极主动，自己那时奶着孩子，常常睡眠不足，哪有精力和心思干那事？久而久之不做爱，倒也成了自然。

　　"全怪我，全怪我！"丽卿一面检讨着，一面挽起袖子，开始房间大布置。将丈夫的卧室用品全挪回了大卧室，将书房彻底打扫恢复成了窗明几净的模样。忙碌了一整天，看着温馨浪漫的卧室，清新整洁的双人枕头和被套，丽卿的心情好极了，她特意在卧室放了熏香蜡烛，待晚上两人共眠时点起。

　　忙碌完，冰箱里腌好的牛排已经入味。打开预热好的烤箱，将大块牛排、鲜切的土豆、洋葱、青红大辣椒在整个烤盘码好，撒上黑胡椒粉，倒上橄榄油。深红的牛排，奶白的土豆，紫红的洋葱，鲜艳的青红辣椒，一大盘姹紫嫣红，甚是赏心悦目，最后，丽卿从厨房花盆里揪了一把罗勒放在上面，将烤盘送进了烤箱。看着时间，丈夫和孩子们一进门，美滋美味的晚餐就能上桌。

间隙，她冲了个澡，换上了久不穿的颇有梵高风格的大向日葵花连衣裙，化了淡淡的妆。

"哇，今天什么日子，穿得这么漂亮！"一进门，安德士就发现了妻子的变化，给了她一个惯例的拥抱和吻。

换下鞋子，安德士拎着公文包习惯性地先走进书房，但他一推开书房门，心就沉了一沉：原先摊在写字台上、沙发边、椅子旁边，手头正在处理的那些文件信件、正在看的书、报纸等，全没了踪影！他神情变得严肃起来，在书房转了一圈，没错，他以前井井有条的那些东西，全没了踪影。一股怒气从他心底升上来。

他一声不响，脸色铁青得可怕，但教养使他稳住了情绪。他打开电脑，漫无目的地在电脑上敲敲打打，一刻钟后，愤怒的情绪平静下来，楼下传来妻子招呼用餐的声音，他面带愠色地走下楼，轻声问丽卿那些报纸信件去了哪里。

丽卿拉着他"噔噔噔"上了楼，拉开书桌旁边的柜式抽屉，里面满满当当的信件一展无余："瞧，全在这里！你的信件谁敢给你扔？不过正要给你说呢，以后过期的信件报纸能不能不要一直留着？还有，以后的信件全放这里，不要扔得到处都是。"

安德士冷冷的，不置可否。

本来以为愉悦的一顿晚餐，安德士却全程沉默。看见爸爸妈妈一脸严肃，两个孩子也知趣地不吭一声，只管吃饭，一吃完饭，将盘子刀叉收进厨房餐台，立刻躲进了各自的小屋。

饭后咖啡的时候，安德士终于忍不住说道："以后我的东西你能不能别乱动？以前你把我那么宝贵的信件杂志都当垃圾扔掉，难道忘了吗？"

"我扔了吗？我只是给你挪个地方收收好好不好！哎，给你收拾东西我还有错了是吗？"丽卿满以为会得到安德士的一顿赞赏，等来的却是埋怨和责怪，也不由得来气。不过在心里她知道，温和的安德士一向不发火，如果他这样说，就确实是生气了。

她"哼"了一声，本来要吵起来，但为了不破坏晚上的情绪，她忍了忍，说道："好啦，知道啦，以后该扔不该扔，该动不该动的，我问了你再说，好吗？"安德士比丽卿小两岁，丽卿觉得自己在安德士跟前姐姐都快要做成妈了。

"当然啦！你看看你的东西，我有随意动过吗？我尊重你的习惯，你也要尊重我的习惯。"安德士喝着咖啡，神情语气缓和下来。

晚上，两人你侬我侬，渐入气氛，丽卿却怎么也找不着当初的状态。两人的感觉让她觉得完全是只有动作，没有激情，怎么着都不对劲。勉强完事后，安德士穿着睡衣去了书房工作，丽卿看着旁边空空的枕头和被窝，真想冲进书房，朝安德士发火，大声吵闹、宣泄，但，也只是想想。她甚至想到了离婚，但那也只是一闪而过的念头，相比前一段婚姻，现在不知幸福了多少倍，现在这么一大家子人，还有母亲弟弟那一摊。

　　"算了吧，算了吧，人都要向前看，少年夫妻老来伴，人生没有十全十美，你要了温情，就要不了激情。严丽卿，知足吧。下个月就是一年中最热闹非凡的十二月了呢。"

　　她摩挲着罩在枕头上的真丝枕套，慢慢进入了梦乡。

11
意外

地板吱吱响
雾起寒窗透光影
一切皆朦胧

要说瑞典日子难过，一年中半年极昼半年极夜，冬夜黑且漫长，其实说的也不过是圣诞节、新年夜过后，从一月到四月中旬复活节来临之前的惨劲儿。其他的日子，倒让人感觉瑞典人总在过节，尤其是学生们，更是幸福到隔三岔五就要来个除大夏天及圣诞节之外的春假、秋假。十一月初，是路德宗为纪念所有忠诚的圣者和殉道者的诸圣日，连上周末，刚好又有几天假。

　　打码头坡下走上来两个人，是来辞行的可可和她的男朋友。

　　打零工的可可新学期学业繁忙，许久未露面，这几天趁着放假，特来向丽卿辞工，顺便再拿走放在这里杂七杂八的东西。

　　"我的兼职老板，丽卿姐！"可可介绍。

　　"中文名李文正！叫我维克多就好。"丽卿刚想握手，青年却给她来了个礼貌而标准的瑞典拥抱礼，这一点倒出乎丽卿的意料。不过这也瞬间拉近了她和青年的距离。

　　搬走了一个冬夏，丽卿忽然觉得整个房子都寂寥了不少。

　　以前冬夏住在这里，随时能听见她嘻嘻哈哈开心大笑的声音，可现在，那样没心没肺的笑声没有了，孩子们一回来就钻进各自的房间打游戏。少少渐渐大起来，社交也多起来，女孩子们的聚会，这个周末你到我家里睡衣派对，下个周末我到你家里烘焙派对。只要学习不落下，身心健康茁壮成长，丽卿由着她去。

每每看见可可，丽卿就想起自己上学时的窘迫，尤其海外求学，无依无靠，比自己那时更多了一份艰辛。她打心底有点可怜这个女孩子，因此每到饭时，她总是好心留她用餐。平时做了什么好吃的，或者有什么家庭聚会派对，也总是叫她一起来参加。

谁知这次可可来，身边还多了一个书生气十足、戴着金丝边眼镜温文尔雅的华裔男青年陪同。一问才知道是刚刚从美国学成归来、已经交往两三个月的男朋友，美国大学医学博士毕业的高材生，工作联系到了哥德堡医学院，算是学成归国。

"青年才俊啊！"寒暄完，丽卿赶紧将两人让进屋内，问要茶还是咖啡，茶罐却已经拿到了手里。她满以为华人的孩子要喝茶，却听男青年说道："咖啡，谢谢！"可可刚想说茶，见如此，便也跟着他要了咖啡。

丽卿笑着煮上了咖啡，简单地问了问维克多的家世背景、学习学业，才知道维克多虽然出身华裔，却是在国外长大，小学刚念完，就被望子成龙的父母送去英国姑姑家读寄宿学校。除了高中三年在瑞典，其余时间都在其他国家名校就读。

"家母年纪大了，盼望着我和姐姐能有一个孩子留在身边。同在美国求学的姐姐前几年毕业后找了个美国人，留在了美国。她不愿回来，只好我回来了。"维克多说话轻声细语，客气地接过丽卿递过来的咖啡杯，欠了欠身。

"那你现在找好房子了吗？"丽卿关心地问，她知道哥德堡房不好找。另外一方面也想从侧面知道他和可可发展的深入状况。

维克多表示暂时落脚在父母家。

"他呀，他父母都已经给他订好了河对岸的期房，首付都已经帮他交了，他将来只要每月自己付房贷就好了。"临出门时，可可悄悄地告诉丽卿。

"啊呀，河对岸新开发区的房价可不低啊！一套五六十平米的两室一厅，再带个能看见海的阳台，差不多就得三四百万了吧？"

"这个周末已经说好去他家玩，他要介绍我给他妈妈认识。"可可显得羞涩又有点激动，忍不住告诉了丽卿这个消息，难掩少女情怀。

"带你去见他父母，就说明这男孩是认真的。这男孩子看起来蛮不错，本身出色，工作又好家世又好！可可，这次你可算找着了！姐为你高兴！好好珍惜。"临别时，丽卿捋捋可可被海风吹散的头发，真挚地对她说。

可可眉眼含笑，对丽卿重重点点头，摆摆手，和维克多两人手拉着手，上了渡轮。

知道儿子要带女朋友回家，老板娘惠竹万分高兴。只要儿子愿意留在瑞典，留在哥德堡发展，她就心满意足。何况儿子这次找的是个中国来的留学生，她更加称心如意。女孩能出国留学，一来说明家境不错，二来说明脑子也够用。至于相貌，她估摸着按儿子的眼光，应该也不会差到哪里去。

见过了太多找外国妞的华裔，到头来，儿子都被外国妞拐跑了。就拿跟她关系不错的一个朋友来说，起先儿子找了个金发碧眼的瑞典洋妞，朋友还洋洋得意，逢人就说儿子多有本事。结果一结婚，一要孩子，就根本不是那么回事了。洋媳妇家在斯德哥尔摩首都住，执意要搬回首都，儿子也就辞了干得好好的工作，跟着媳妇去了斯京发展。生的两个孩子，黄头发白皮肤，粉嘟嘟活脱脱两个洋娃娃，可朋友根本就捞不着抱。

儿子跟着媳妇，一派瑞典人作风，坚持孩子留在身边自己带。平日里工作，朋友难得见两个孙儿。遇到圣诞节、元旦这样的家庭团圆日，一家人回来哥德堡和爷爷奶奶团聚，也是住上一周就走，一天也不肯多停留。到了夏日长假，夫妻俩带着孩子们出国度假，哪有朋友什么事？偶尔儿子旅行带回礼物给朋友，那已经是天大的孝顺。

朋友在大公司当了一辈子会计，收入不错，却一辈子省吃俭用，除了回中国度度假，其他国家她都说没意思，不肯在虚头巴脑的旅行上花一分钱。省下来的钱，朋友预备给儿子买房买车，却被儿子一口拒绝，反过来劝朋友留着钱好好享受生活，过好充实的晚年。

"这什么意思？合着要我自顾自，自个儿养老？我还真是，倒贴人家还不要。拿着钱都不知道给谁花！"有一回，朋友向她这样哭诉。

惠竹反过来劝她："儿孙自有儿孙福！瑞典福利高，大家哪个不是自顾自？孩子们都在国外长大，你哪能还让他们像国内孩子那样，养儿防老，把父母的话放在心尖上？按我说，你和吴先生工作一辈子，现在退了休，到处走走，瑞典人都爱在冬天去泰国度假、阳光浴，你们也去阳光海滩度度假嘛！我们当父母的身体健康生活愉快，孩子们看着也放心高兴！说真的，咱这把年纪了，可别气，气病了，虽说医疗不花钱，那还是自己遭罪不是？"

可执迷不悔的朋友，哭诉够了，给儿子花不上钱，又开始了给两个孙儿的存钱计划！

"一辈子穷命！"老板娘惠竹心里暗暗鄙视朋友。

可从朋友身上，她也吸取了教训。虽然劝朋友头头是道，可到自己身上，一样有着养儿防老的观念。时常明里暗里给儿子提醒，自己喜欢中国女孩。对女儿，她倒愿意她找一个外国男人，最好是瑞典人，懂得爱老婆、尊重老婆，又肯帮老婆做家务又肯带孩子。但自小淘气的女儿偏不听话，找了个白加黑血统的美国人，让她好不气恼。

所以听说儿子这次找了个中国女留学生，惠竹分外高兴，提前一周就陆陆续续地采买，准备拿出开餐馆的十八般手艺，好好给儿子和未来的儿媳妇露一手。

到了约定的这天，她一大早就起来，心情愉悦地开始在厨房张罗。抽屉里也按照中国老家的习惯，备好了一对凤头扭丝银镯子，用红丝绒盒子装了，算是送给未来儿媳妇的见面礼。

一切收拾停当，也到了饭点。她解下围裙，将到耳根三七分的卷发再一次梳好，化了淡妆，换上墨绿色真丝连衣裙，从梳妆匣取出墨色珍珠项链戴上。在落地穿衣镜前来来回回照了几圈，整个妆容服饰搭配华丽质感又不张扬，她感到满意，心情愉悦，禁不住哼起了昆腔《游园惊梦》。

正在这时，听见开门声，老板娘急忙温和地微微笑着，迎了过去。

一开门，她和可可都惊呆了。

尤其是可可，一见到老板娘，犹如一盆冷水从头浇下。一分钟前还娇娇俏俏幸福感爆棚的她，此时欲哭无泪，恨不得马上夺路而逃。维克多感觉到可可明显的一怔愣，还以为她是紧张，因此格外用力地握住她的手，给母亲介绍自己的女朋友。

惠竹马上恢复了和蔼可亲的笑容，她连忙招呼着，将两人让进了屋。

"阿、阿姨，您好！"可可忐忑地坐在红木沙发上，只觉得万念俱灰。

"好，我好！我呀，最近看了个故事，说来有意思。"惠竹坐在旁边单人沙发上，笑眯眯看着二人。

"什么故事这么有意思？"儿子问。坐在旁边拉着可可的手。

"说的是《西游记》里，孙猴儿本事再大，也翻不过如来佛的五指山。"惠竹意味深长地看着可可。

"啊，妈在看《西游记》啊。"国外长大毫无心机的维克多一派天真。

"阿姨，那个……"饭桌上，可可如坐针毡。惠竹不停地劝菜布菜，眼前的碗里，眼看堆得像小山一样。她慢慢地、忐忑不安地夹着米粒往嘴里放，几次看看身边的维克多，想起身走又舍不得。为什么他的妈妈偏偏是老板娘！可可知道她本以为可以托付一生的这段恋爱，可能要化成泡影了！她心里，无端地恨起冬夏来！都是为了冬夏，自己才和老板娘结下梁子。

"唉，当初关我什么事儿啊，为什么要替冬夏强出头！"她端着饭碗，吃得慢慢吞吞，心里懊悔得要命，恨不得为自己的多事抽上自己几巴掌。

饭后，可可看见老板娘将碗筷碟子放在水池里浸泡，忙争着去洗。惠竹道："不用了不用了，有洗碗机。"

可可撸起袖子道："没事，阿姨，我来！"一边说着，一边捡起一只细花瓷碗洗，却不想手一滑，碗掉到地板上，摔成了几瓣。

　　见状，可可和惠竹都愣了。初次上门，却摔破了碗，不是好兆头。惠竹心里一沉，赶紧大声念道："碎碎平安！碎碎平安！碎碎平安！"看见可可呆头鹅一般站在一边，不由来气，小声斥道："愣什么！赶紧念呀！"可可摔破了碗，又听到惠竹这样斥责她，一委屈，眼泪顿时扑簌簌滚下来，含着眼泪快步走进了卫生间。

　　卫生间里，她痛快地偷偷哭了一场。拿定了主意，就算是天意，也要输人不输阵。无论如何，体面地应付完，然后回去就和维克多分手，就当什么也没发生过！

　　她哭够了，眼睛红红的从卫生间走出来。维克多一直在国外长大，从不在意这些禁忌，见只是摔破了一只碗，母亲就如此凶可可，害可可哭得这么伤心，怪母亲太大惊小怪。他担心地等在外面，见可可出来，忙上前询问。

　　这时惠竹已经拧了一条热毛巾，递给她道："好孩子，刚才是阿姨失礼了。阿姨是老人家，禁忌多，一着急态度不好，你可别往心里去啊！好了，不哭了啊！哎，热毛巾捂捂眼睛！不然一会儿就肿起来了。"

　　可可勉强礼貌地笑笑，接过毛巾，由维克多扶着，坐在沙发上。

　　吃完饭，收拾完桌子，惠竹沏了上好的茶，布了果盘点心，对维克多说道："维克多，你先回屋去，妈妈跟可可在这儿说说话。"

　　维克多知道妈妈这个未来婆婆肯定有话要问自己的女朋友，会心地笑了笑，走进自己的房子关上了房门。

　　墙壁上笨大沉重的英式挂钟里，一只画眉衔着挂坠，来回摆动，安静的客厅只回荡着钟摆发出的滴答滴答的声音。

碎碗

两人都沉默着，坐在那里，不说话。

半晌，惠竹才幽幽地叹了口气，她拿出一本翻旧了的相册，从第一页维克多怀在肚子里开始翻起，像是给可可看，又像是独自欣赏，边翻，她问可可："初次登门就摔破碗，这不是好兆头啊。想来你刚才在卫生间，分手的理由都想好了吧？"

可可强装不以为然地笑一笑："阿姨您放心！我会自觉离开的。以前有什么做得不对的地方，就请阿姨您多多包涵！以后不会再冒犯。"

"哎，你呀！可可！我也是有女儿的人，做女孩子的，在家里都是当妈的捧在手心里的宝贝疙瘩，出来了，哪愿自家的闺女受一点委屈？何况上回的事，你也没做错什么。你、我，都是受人利用，被人诬陷，这跟你又有什么关系？"惠竹看着可可。

"阿姨，你的意思是？"听见老板娘这么说，可可不禁有点疑惑，不解地看着老板娘。

"那么，我问你，上回的事，闹过以后，我走了，可是你去当老师？"

可可摇摇头。

"那么就好了呀，最终的受益者是谁？就是你口口声声把她当好朋友的林冬夏啊！你小姑娘家单纯，不知道这社会上人心险恶。稍不小心就被人利用！看事情啊，你不要看过程，要看结果。结果是什么？结果就是你我都走人，姓林的在那里人模人样地当老师。"老板娘喝了一口茶，"这件事说起来，至今窝在心里。我不气你，气的是阿姨这么大年纪，还被人提溜到办公室去对质、训话，还因为一张卡，被迫交纳三万克朗诉讼费！你说阿姨冤不冤！"

可可不知道后续还有这么多的故事，听到这里，她十分惭愧地低下头，向老板娘道歉。

惠竹道："不是一家人，不进一家门！说起来，你现在是维克多的女朋友，也是我的半个儿媳妇了！我也蛮中意你，以前的事就不提了！以后你可得听我的，咱们娘儿俩一起齐心合力，既然现在咱们是一家人了，我就要事事为你打算。我丢的那点人就算了，可以不必跟她计较，可我得为你争！把该属于你的东西为你争回来！你以为你丢掉的就是一个人民大学汉语教师职位吗？可可，你丢掉的是进入瑞典主流社会、跟瑞典人平起平坐打交道共事的机会啊！"

"那我该怎么做？"可可听到这里，按捺不住了，她看着老板娘。

"不急！这事儿还得从长计议。你到时听我的就好了。阿姨都是为你好，不会害你的！"说罢，惠竹返身进卧室，从衣柜里取出一条包装精美的 GUCCI① 丝巾递给可可："这是我专门给我未来儿媳妇准备的见面礼！礼轻情意重，是阿姨的一点心意。"

"这么说来，阿姨是接受我了！"可可又惊又喜。

这条丝巾，惠竹去年打折时买回来，买回来又不喜欢，压了一年箱底，今天刚好拿出来打发可可。

"来，阿姨给你戴上！"她亲昵地说着，打开丝巾，围在可可脖子上，打了一个漂亮的蝴蝶结。

如果说刚才还对老板娘说的话有怀疑，那么现在，可可的心里对老板娘的疑虑已经烟消云散了。她确定老板娘已经原谅了她，并且愿意接

① 意大利高端奢侈时装品牌，1921 年由意大利人古驰奥·古奇在意大利佛罗伦萨创办。是风靡全球的时尚品牌代名词之一。

纳她成为未来的儿媳妇。

"不然，也不会送我这么贵重的礼物吧！"她抚着质感柔滑的丝巾，心想。

过了几天，闲来无事，惠竹又电话里约可可到家里，准备一边洗菜做饭，一边和她聊家常，一来二去，摸摸可可家的底细，看看是否真如自己的猜想，是个没家底的小家碧玉。

那天给她送 GUCCI 丝巾，就是一个考验，想看看可可接到丝巾的反应。如果真是个家境殷实的，不会把一条 GUCCI 丝巾放在眼里，大不了接过丝巾大方笑笑，说个"谢谢"了事，万不会像可可那般没见过世面，别人滴水之恩，她恨不得以身相许。再如果是书香门第出来的，那也许对这般不合时宜的礼物，连接受都不会接受。

可可三面都不得罪人，接惠竹电话的时候正忙着帮丽卿看冬夏办公司起草的材料。在瑞典办公司容易，但是准备的材料却要求得又多又全。丽卿嘱咐冬夏把准备好的材料拿过来她帮着看看，但她自己却又没时间。刚好和可可在电话里说起，可可表示愿意帮忙，丽卿乐得把材料给她，主要是看看写得有无不妥的地方。

听见母亲主动邀请女朋友去家里玩，临出门上班的维克多接过电话道："妈妈一个人在家也没事，你不如带着你的活儿，一边做一边陪陪她。我也给妈妈说了，你在帮丽卿和冬夏看资料，你来了干自己的事她不会怪你的。人老了，就想要人多陪陪。我今天下班早，回来一起吃饭。"

可可听了心里暗暗叫苦，这下老板娘知道自己在帮冬夏看资料，那不是摆明和她对着干吗？她急忙把责任都推到了丽卿身上。

惠竹听见冬夏要开公司，很是好奇，想看看冬夏这条小鱼能翻什么大浪，果然嘱咐可可来时一定要把资料带来给她看看。

待仔细看完资料，尤其是看到合伙人入股合同，惠竹冷笑一声，将资料往桌子上一掷，说道："AB 公司，合伙人一起持股，却不写禁止退股条令。就这智商还开公司？"

过了一会儿，她拿起资料又看了一遍，觉得创意还是蛮不错。她在瑞典生活多年，又一直做生意，瑞典人提倡女权主义，政府、公司里女性权力半边天，这她都知道。但也诚如冬夏在策划案里所说，社会上的女权主义都做到了，唯独家庭这一片，育儿假这么长，虽说家务平摊，可在抚养孩子这一块，很多女人们还是放心不下男人们粗线条带孩子的野蛮方式，怕孩子一个不小心冻着饿着伤着，凡事都要亲力亲为，自然跳过自己的时间，比男子付出更多。虽说是母亲爱儿、心甘情愿地付出，但并不代表着女人不要自己的权利，相反，正是因为权利的忽略，这份情感才更需要宣泄和被呵护吧。

老板娘入神地看着冬夏的策划书，感觉句句说到了她心里。这些都是她很多年来感受到却不知怎么表达出来的观点和想法，现在却被冬夏准确透彻地说出来。"看来这个冬夏还是有两下子的。"她在心里暗暗赞赏。

虽然还不知道冬夏的想法到底是什么，但既然现在创意已经在自己手里，生意场上，就占个先机，不要怪自己抢先一步，这个可可，还得利用她探取全盘机密才好。

想了一会儿，她在心里有了主意，对可可说道："这样的话，你也加入吧！到时生意好继续干，没生意钱一拿退股就行。这生意不亏！阿姨借钱给你，这次不算利息。"

可可迟疑道："啊，我加入？她和露易丝合作，露易丝懂财务，可以为公司做账报账，我进去能做些什么？她们也不会要我吧？"

"傻丫头，这不是还有我吗？阿姨开饭店几十年，别的不会，生意可是最拿手的。你要是有什么不懂的，每次就把资料方案拿过来，阿姨帮你出主意想办法，显得你在公司里也不是吃闲饭的。再说了，这不也是块试金石吗？你们成天价姐妹长姐妹短，如果真把你当好朋友，哪有不要你这一说？除非人家心里真没把你当回事！你能给她们做些什么？担心这个？没听说过吗？一个和尚担水吃，两个和尚抬水吃，三个和尚没水吃。合伙人开公司就是这，最后没有不闹掰的，为啥？一个靠一个呗！你去，就当这是个跳板，为你自己以后开公司攒点经验。"

可可慢吞吞地点了点头。听到老板娘这样说，她也在琢磨，如果自己是瑞典公司的合伙人，将来签证和居留卡是不是好申请一点呢？

惠竹用一双明察秋毫的眼睛盯着她："在瑞典有你入股的公司，这对你将来申请签证都是有大大的好处的。"这一点果然说到可可心里。可可不再犹豫，当即答应了老板娘的建议。

"你哪里配得上我这么优秀的儿子！利用利用你罢了！等出了上回的恶气，看我不找个理由打发了你。如今就看着你赖着我儿子人模狗样几天吧。"由于眼前这个女孩不知轻重，尤其是以前的过节，她是不会轻易饶恕她的。小门小户出来的丫头，她打定主意不会让这样的女孩儿进门当自家的媳妇。惠竹慈眉善目地看着可可，为她递上一片用牙签插着的哈密瓜片。

再说冬夏从丽卿那里知道可可找了个青年才俊，很是替她高兴。正打算着什么时候约她出来 FIKA 一下，可可就自己打电话过来，说有事要谈，当下两人就约了时间见面。

　　一见面，可可开心地将维克多介绍给冬夏认识。冬夏一看，果然是一表人才，当下三人落座，可可便迫不及待地将自己的想法和盘托出：她想加入冬夏的公司！

　　冬夏办这个公司，就是为了自己的想法创意有个落脚点，全是为了兴趣，赚钱倒在其次。见这么多人支持她，半夏最终也愿意加入，可可也愿意加入，这至少证明自己的想法是可行的，因此十分开心，告诉可可跟她开公司别想着赚钱，想赚钱就不要加入了。

　　可可想法倒非常坚定，说不是为了钱，就是为了一份创业的乐趣。她详细询问冬夏的创意。

　　冬夏见她这么热情认真，自然高兴。找了一天，召集半夏和可可一起，详细介绍了自己办公司的初衷以及一些想法，并拿出资料证实自己创意的可行性。这天也是十二月的第一周，降临节主日，按惯例，人们会在主日点亮第一根蜡烛。还有接下来的第二主日、第三主日和第四主日，每个主日依次点起一根蜡烛，直到圣诞平安夜前夕。半夏依照惯例，点起了主日的第一根蜡烛。在蜡烛的映衬下，冬夏的眼里闪烁着睿智的光，她说："这样吧，我先给你们讲一个故事——女人最想要的是什么？同时我也考考你们。"冬夏看了看两人，开始讲起故事来。

　　国王亚瑟被俘，本应被处死，但对方国王见他年轻乐观，十分欣赏，要求亚瑟回答一个非常难的问题，答出来就可以得到自由。这个问题就是：

　　"女人真正想要的是什么？"

亚瑟开始向身边的每个人征求答案：公主、侍女、牧师、智者……结果没有一个人能给他满意的回答。

有人告诉亚瑟，郊外阴森的城堡里住着一个老女巫，据说她无所不知，但收费高昂且要求离奇。期限马上就到了，亚瑟别无选择，只好去找女巫，女巫答应回答他的问题，但条件是，要和亚瑟最高贵的圆桌武士之一、他最亲近的朋友加温结婚。

亚瑟惊骇极了，他看着女巫，驼背、丑陋不堪、只有一颗牙齿，身上散发着死鱼般难闻的气味……而加温高大英俊、诚实善良，是最勇敢的武士。亚瑟说："不，我不能为了自由强迫我的朋友娶你这样的女人！否则我一辈子都不会原谅自己。"

加温知道这个消息后，对亚瑟说："我愿意娶她，为了你和我们的国家。"

于是婚礼被公诸于世。

女巫也回答了这个问题："女人真正想要的，是主宰自己的命运。"

每个人都知道女巫说出了一条伟大的真理，于是亚瑟自由了。

新婚之夜，加温不顾众人劝阻，坚持走进新房，准备面对一切。然而，一个从没见过面的绝世美女却躺在他的床上，女巫说："我在一天的时间里，一半是丑陋的女巫，一半是倾城的美女，加温，你想我白天或是夜晚是哪一面呢？"

"这是个如此残酷的问题，如果你是加温，你会怎样选择呢？"冬夏讲到这里，停下来，看着半夏和可可。

半夏道："我选白天是女巫，夜晚是美女，因为妻子是自己的，又何必在乎他人的目光，爱慕虚荣。"

可可道："我选白天是美女，因为可以得到别人羡慕的眼光，而晚上到家一团漆黑，美丑哪有所谓。你说对吧，冬夏？"

冬夏笑了笑说，其实加温回答："既然你说女人真正想要的是主宰自己的命运，那么就由你自己决定吧！"于是女巫选择白天夜晚都是美丽的女人。

"哦！"两人听完，恍然大悟。

"所以我想说，咱们的 H&H 品牌，所有产品的主题也是围绕这个——女人主宰命运，从主宰自己的时间开始。每天起码至少有一点时间，是完全留给自己的。看书也好，出去社交也好，什么也不做，就那么发呆也好，总之必须有小段时间是留给自己的，全身心的放松。女人为家庭奉献没错，但必须摆脱那种'这个家离不了我'的观念。真正智慧的家庭主妇，不该完全淹没在工作、家务、丈夫和孩子里。虽然这些就是构成我们生活的全部，但我想说，是，也不是。为什么那么多妈妈，明明奉献了那么多，还得不到孩子的尊重？为什么那么多妻子，为丈夫做了那么多，还得不到丈夫的体恤？因为她们只是行使了一个妈妈、一个妻子的权利，却忽视了自己作为一个女人的存在。要想成为一个有价值的个体，孩子们尊重的妈妈，让丈夫怜香惜玉的妻子，就必须做回女人，永远保有珍贵的女人的特质。这个特质，就是不管你再爱丈夫，再疼惜孩子，也有自己的生活，每天的生活中也永远有一段时间是留给自己的，也许仅仅只是做做自己喜欢的事情，发展发展自己的爱好。你的爱好就是你的爱好，你的爱好不需要建立在孩子们的爱好之上，也不需要建立在丈夫的爱好之上。女人是一个独立的生命个体的存在，不是吗？"

半夏和可可听完冬夏的诠释，给了她两个大大的赞："完美！"

"哎，冬夏，你怎么想到的！真的是很棒的创意呢，也很契合现在一直提倡的女人独立自主意识，真不错真不错。"半夏由衷赞叹。

听见合伙人对自己创意的高度认同，冬夏舒了一口气，说道："咱们三人开公司，既然创意成型，各有各的长处，各司其职就行了。半夏，公司的财务就交给你了。可可，你负责公司的文件、资料、宣传等。我负责产品创投和市场开发。不过大家要注意保护公司的产品创意，这是机密。现在难的不是有没有产品，而是创意。咱们有了创意，不要被其他公司模仿了。"

半夏和可可都点头称是。瑞典人工贵，很多人都是自己开公司，自己做自己的老板，自己给自己打工。多一个人，多一个人手，也未尝不是好事。当下冬夏声明态度，两人答应了。冬夏因为可可还在求学，重新调配了资金比例。五万注册资金，冬夏和半夏投资两万，可可投资一万。商量好，公司计划申请递上去，两周内便批了下来。三个人的"H&H女性意识品牌"公司正式成立。

公司成立，自己入伙成功，可可第一时间就把这个好消息和开会的一沓资料给了老板娘。

"可可，除了那一万，以后你还可以向阿姨借钱哦！出门在外，不要难为自己。"惠竹满意地看着可可带来的公司策划案，收起可可的借条，笑笑，拍拍可可的肩。

可可看看男朋友的母亲，点点头。

12

使君从南来

黄昏新雨
向日葵在雨里
踟蹰不定

住在一起，冬夏和卡莱的生活内容日益繁杂起来。

　　令冬夏万万没想到的是，卡莱竟然是一个有轻度洁癖的人。她以为像卡莱这样的男孩，一定是袜子内裤乱扔，家里乱七八糟一地鸡毛。然而等待她的，却是各种东西井井有条。杯子用过，一定第一时间洗了放回清洗架；早上起床，被子枕头一定要铺得整整齐齐。

　　幸亏学生房小，不然按冬夏的想法，她一定要养一条狗。

　　两人住在一起，柴米油盐酱醋茶，样样要钱。当初冬夏虽说是办了工作签证过来，她也正儿八经地在丽卿诊所工作，但吃穿住行样样在丽卿家，每月只要丽卿拿五千克朗的花销给她，其余多多少少她一律不过问。但现在她不再在丽卿诊所工作，又搬了出来，吃穿用度一应自己解决。和卡莱两人的助学金加起来也不过万，她除了在人民大学的工作，再没有别的收入。

　　卡莱好不容易开始继续写论文，冬夏哪里能让他中断？自己的专业才开始第一年，又不喜欢，冬夏便萌生了退意，办了暂停。她在人民大学自费学了一期花式咖啡冲调手艺，办公司之余，跑去咖啡馆应聘当了侍应生，收入除了勉强够两人度日，偶尔还能出去泡泡吧，下下馆子。

　　这样的日子虽然简单清贫，冬夏却觉得过得有滋有味，至少，她的心不再像以前那样，空落落的。

冬天的时候丽卿回了一趟国，临走问冬夏要不要带东西或捎话给母亲，冬夏摇了摇头。

丽卿自打上次因为弟弟闹着买房向她借钱的事，和母亲闹得不开心，已经有三年没有回国看望过家人。这次听说母亲病了，住进了医院，再怎么着，毕竟是自己的母亲，连忙挂了歇业通知，匆匆订了机票回国。

一回国，进了家门，弟弟话说不清，五岁的小侄子倒是口齿伶俐，向丽卿描述了奶奶进医院的经过。

却原来是母亲出去买菜，路滑，不小心摔了一跤，旁边刚好一辆单车路过，骑车人是个海归，见状急忙下车扶起丽卿母亲。因为当时不能动弹，疑心骨折，便急忙好心送她去医院。没想到到了医院，一检查的确是骨折，丽卿母亲当场一口咬定是海归撞了她，非要赖着海归负责，承担全额医药费。海归无奈，又不想她延误病情，只好先付了医药费。丽卿母亲见他这么好说话，又提出要他付十万块钱精神补偿费。海归这下不干了，提出法律申诉，丽卿弟弟和弟媳搞不定这件事，才急忙叫回丽卿。

丽卿一听，气不打一处来，立刻奔赴医院，见到母亲腿打了石膏，正躺在床上闭目养神。

母亲一见丽卿回来，见了救星似的一把拉住女儿，多日的委屈随着眼泪就下来了。照顾病人的弟媳木讷地站在床边，她见了丽卿从来是有点怕的，此时更不敢吭声，只是涨红了脸，手足无措地站在那里发愣。

待情绪稳定下来，丽卿细细问明了缘由，埋怨母亲不该这样诬陷牵扯好人。母亲眼泪汪汪地道："你不在，你弟弟弟媳又不中用，这两年你寄回来的钱都给你弟弟支持创业了。咱户头上空空，万一有个三长两短，你叫我这老婆子可咋办？"

丽卿一听"创业"两个字，心里一沉，急忙问弟弟创什么业？

这时闷在一边的弟媳插话道："就是鼓动人发展下线买卖东西的'云兴隆'，他在纺织厂的几个朋友做这个，拉他一起做。加入费就要三万，还说是跟马云一样的生意，你上回寄回来的钱，全让他拿去做这个了！"弟媳说话气鼓鼓的，看来怨气不少。

"你胡说啥！你吃我们的，穿我们的，还见不得你男人好！大华这是在创业！你弟弟说了，现在是互联网的时代，他在网上帮人联系生意，生意谈好了收双方一点提成，又不偷又不抢，工作也在，业余创业赚点外快。有啥不好？我看大华生意不好全都是你咒的！"

"原来你们就是做云兴隆的？不是前两天报纸上还登的嘛，云兴隆的几个合伙人被抓了！网上也有，你们没看啊？那就是传销！哪有人卖一套床单被罩八千块的？还说是高科技！那就是骗钱！抓得好！"这时同病房临床正在输液打吊针的一个老头，听见她们说话，忍不住插了一句。

大家听了一时不知说什么好。

正在这时，病房门推开，一个提了两袋子各色水果的年轻男子走进来。弟媳连忙过去接了水果，给男子介绍说这是大姑子丽卿。

看见丽卿站在那里，男子倒愣了一下，他没想到这样一个不讲道理的大妈，却有这样一个人中龙凤的女儿。

这件事本来就是自家理亏，丽卿赶忙向男子道了歉，问男子是网上支付还是微信转账，要把几千块钱的检查费、医药费转给男子。

男子连忙推脱道："道歉我接受！区区一点医药费，付了就算了，只要阿姨不要再问我索要精神费什么的就可以了！如果以后大家都像阿姨这样，那社会风气怎么好转？谁还敢帮人啊！"

丽卿脸微微红了一下，看看病房其他床的几个病人和陪房的，此时都静悄悄的，竖着耳朵听他们说话。便嘱咐弟媳照顾好母亲，自己背了包陪海归走了出来。

两人边走边聊，说起来，海归留学期间竟然北欧几个国家都跑过，也去瑞典旅行过，对北欧极简主义尤其推崇。这一点瞬间使两人觉得亲切起来。

海归建议找个环境好的咖啡馆去喝一杯。丽卿的大学闺蜜们知道丽卿回来，早订了餐位等她，丽卿预备婉拒海归，谁知提起这个餐厅，竟是海归父母朋友的儿子开的。

"这样吧，丽卿姐，我请客！他们的菜品真不错，有几道真值得推荐。"海归道。

"不不，还是我请吧，算向你道谢赔罪。"丽卿本意也没怎么想推辞，"不过你可要有思想准备，我那帮大学舍友，以前在一起二惯了的，见了咱俩在一起，指不定开出什么玩笑。你要有强大的心理承受能力。"

海归哈哈大笑道："彼此彼此，都是中国大学出来的，谁还没几个中二病的舍友。"

果然，丽卿的几个大学闺蜜，有的当公务员，有的在飞机制造厂上班，有的保研后留校当老师，出去一个个人模人样，高雅精致。可几个大学时代闺蜜一见面，立刻打回原形，在包间里笑闹一片。大家同城住，见面机会却屈指可数。一见海归，都纷纷问："怎么，换姐夫了？

小鲜肉登场？"

丽卿打趣道："可不咋地，现在不挽个小鲜肉，都不好意思出门。"

笑闹够了，丽卿向大家介绍了海归，讲了来龙去脉，海归的见义勇为，自然博得姐姐们一致好评。姐妹们讲起各自生活，都是一地鸡毛。席间多年不孕，最近才追了一对双胞胎的老五，成了大家恭喜的焦点。

老五蔫蔫地说道："恭喜什么啊，高龄产子，鬼门关上走一遭，差点连命都搭上。按说两个孩子已经八个月，可以断夜奶了，可婆婆不听，非要我一晚上折腾两回起来喂奶。我天天想睡觉。现在俩小家伙长牙了，吃起奶来不知轻重，有时咬得我生疼。我现在是见小嘴巴往我这里凑我就怕。"

孩子已经上初中的老大惊奇道："理论上八个月都可以断奶了，怎么还要夜奶！过分了啊！"

和老公感情一向要好的老六忍不住问道："那咱姐夫呢？他怎么说？"

大家以前依稀知道老五老公在外面有人，常年在珠海做工程外包生意，不过现在看到她们有了爱情的结晶，想必应该回归。

老五闷头喝了一口酸奶，摇摇头道："哎，别提他了。我差不多已经忘了他不穿衣服啥样了。"

见她这样郁闷，最得丈夫体贴疼爱、前年追了二胎的老三说："算了，别想那么多了，谁不是这样。不是还有孩子吗？这至少证明我们和老公还有过一次。不，我两次，我有两个孩子，哈哈哈。我呀，我觉得我和我老公认识的全部意义，就是为了我两个儿子的出生和到来。女人就要活出自我，来，为我们的自我干杯！"

大家纷纷举起杯，一饮而尽。姐妹聚会，唯独缺"七仙女"老七冬夏，她前些年入狱，后来出国的事，大家都依稀知道，问起她的状况，丽卿道："她呀，苦尽甘来，活得滋润着呢，找了个小男友，简直要把她宠上天了。"

话题落到小鲜肉，大家自然又是一番讨论。差不多到尾声的时候，大家正商量着找个酒吧，不醉不归。老五婆婆的电话打来，说是两个孩子哭闹得不行，催她赶紧回去。见她这样，玩闹得忘形的大家瞬间被扯回现实，这个想起家里孩子的功课还没辅导，那个想起公司里第二天开会的材料还没准备完，都喊头大，只得各自道别回家。

朦胧的路灯下，只剩丽卿和海归还悠哉游哉。两人找了个静谧的茶楼，进去喝茶。

丽卿道："没吓着你吧，我们这帮姐妹从来见面都是这样。不过，我喜欢。"她调皮地笑笑，手中茶一饮而尽。

"生活就是演戏，谁还没个卸妆的时候。我倒是羡慕你们这群姐妹，至少生活不如意，还有地方宣泄。我最怕的就是我父母他们那些人，出去端着，家里也端着，讲的是相敬如宾，举案齐眉，好像永远也没有放松的时候。"

丽卿想说那是你们读书人家，我倒是想让我父母也这么端着。但想归想，终究不会说。

两人小小沉默了一下，说起归国创业。凭着他的一腔激情，丽卿猜测他是九零后，一问，果然是。海归说他正在和几个一同留学归来的精英，一起策划一个以加盟为发展的咖啡馆连锁企业。说着，打开随身的电脑包，拿出一个笔记本电脑，打开一个界面上的文档给丽卿看。

丽卿拿过电脑，仔细看文档，只见上面是一份完整的策划书，策划书上面写着：

海归国际文化传媒有限公司旗下

北欧使君咖啡加盟书

投资金额：十万

加盟详情：

Less is more（少即是多）！是使君咖啡极简主义的完美理念诠释。一个人或三五好友的休闲时光，小清新主题咖啡馆。独特的北欧风格，地道的北欧咖啡特供，引导消费者在喝一杯咖啡的同时如何慢下来，享受真正的咖啡时光。

北欧使君咖啡，小清新，慢时光，每个人都喝得起的北欧本土独创咖啡品牌。使君咖啡出自海归原创咖啡品牌，是全球轻价格、重本质，打开视野、面向北欧，读书、学习、聚会、交友的精神生活聚居地。

北欧使君咖啡基于"小清新，慢时光，每个人都喝得自在的地道咖啡"的定位，摒弃以往所谓形而上的泡咖理念，无论装饰还是理念上，都采用北欧极简风格，轻物欲，重精神。更注重人文及自我关怀。

加盟优势：

特别优势：小投资，大收益！只要你有一个大大的梦想，有点小小的钱，都可以开一家店，做自己的老板。概念就是：只需投资十万，房租除外，其他全包。总部负责打造一个完整的包括加盟费、装修、原料等均在内的加盟店给你。

1. 来自北欧的品牌授权

每一位加盟商可直接获得来自北欧总部的授权。免除中间渠道，直接与总部对接。

2. 独特的北欧风格店面设计

无需太大店面：店面设计遵从北欧极简主义风格理念，20~30平方米，以干净舒适为主。让每一个路过的人看一眼就能记住。每一家使君咖啡的主题风格设计都应该统一且由如下元素组成：舒适的沙发，原木的旧桌椅，冷色调的屋顶、墙面，暖色调的灯光与绿植。书架与书，细节处的北欧五国国旗、挂盘、驯鹿等小饰物。

3. 鲜明的北欧经营理念

总部会定期对加盟商进行统一培训，介绍北欧咖啡文化理念。在培训期间，还会教加盟商冲调咖啡，以及自己进行口感十足的咖啡甜点，比如苹果派、蓝莓派、纸杯蛋糕等的制作。并会时常将北欧本土咖啡馆的最新资讯与理念带回分享。

4. 多元化多功能社交平台

当你开了一家店，你并不只是开了一家店。这家店同时也是一个载体，可以举办各种活动，比如读书会、交友派对、国际相亲交友、海外游学体验、北欧专线深度旅行、海外代购等。这样一家店，不仅实现了你的人生理想，也拓宽了你的人生体验。这是北欧使君咖啡理念的本质之一。

加盟费用：

小清新，慢时光，北欧风格，北欧咖啡原材料特供，是北欧使君咖啡的经营特色。店铺小，投资少，获利快，机会多，多边收益。

......

品牌背后的故事，文化渊源：

LOGO：演化于唐仕女打马球，恢复成象形文字。

　　整个策划干净清新，以他这样的年纪，有这样的创业理想和计划，丽卿已经觉得十分了不起，看完大加赞赏。丽卿身在瑞典，海归盛情邀请丽卿加入他们的队伍，成为合伙人之一。对九零后新生代的生意，她并不十分感兴趣，却一下子想到了可可。

　　"可以把策划书附在 E-MAIL 里，以附件的形式发给我吗？"她问。

　　"当然可以！"海归爽快地回答。虽然没有说动看起来精干又极具职业范儿的丽卿成为合伙人，但能和丽卿这样的大姐做朋友，他也是心满意足了。

　　"可可，看什么呢？"维克多问专心盯着屏幕的可可。丽卿白天见过海归，晚上就把策划书发给了可可，她相信九零后的可可和九零后的海归，在创业路上一定有很多共同想法，可以碰撞出很多火花。即便不做生意，国内多一些蓬勃发展的朋友也好啊。这是丽卿的想法。

　　"你看，这是丽卿姐发来的一个海归的关于咖啡的创业策划书。"在小小的学生公寓，可可边敷面膜，边让到一边给维克多看丽卿发来的策划书。她现在爱情甜蜜、学业顺利，有时要跟着男友出去社交，开始添置一些高档护肤品和服饰来打扮自己。

　　"可可，你们那些留学生回去都要自己创业，不搞研究不工作的吗？"维克多扶扶眼镜，放下手里的书。

其实说维克多是书呆子也不为过，除了成天闷头抱着书看，最大的业余爱好就是打网球和玩桌游，再有就是偶尔和朋友们出去喝一杯。可能他不是一个特别浪漫的男友，但是对于可可来说，这恰恰是最令她满意的优点。

看惯了身边亲朋好友们的劳燕分飞，她要的，就是像维克多这样简简单单、清清爽爽过日子的人。何况维克多属于那种典型的"美而不自知"的人，帅，却没意识到自己帅，这就很好！可可越和维克多相处，就越满意这个恋人。唯一让她沮丧的是，为什么维克多的妈，偏偏是老板娘！

上次除了和冬夏合开公司向老板娘借的一万，父母还不时捎话过来，要她帮他们的同事朋友们代购这里的保健品、婴儿奶粉之类。可可知道父母好面子，别人的请求一定不会拒绝，就省吃俭用。两次帮忙代购，邮费还是自己出，她几乎已经花完了好不容易存下来的一点钱。结果有了第二次，就有第三次、第四次。东西寄回去，父母收了钱，却不给她转账过来。尤其自打知道女儿有了男朋友，更是理所当然地认为女儿该男朋友养着。

可可有苦难言。维克多没有像国外男生那样事事都跟她 AA 制，出去吃饭喝咖啡的时候能够主动付账，她已经是谢天谢地了，哪敢指望维克多来养自己？她可不想一上来就吓跑对方，何况他还有那么一位精明算计的娘。

没办法，瑞典这边又不流行借钱，她知道老板娘餐馆不做了，却在华人中间暗中做起高息贷款的生意。老板娘有事没事经常会去去歌剧院附近海边游轮上的赌场，自己小赌两把，重点是找机会给那些不甘认输的人贷款。

"可以向我贷款啊！打个借条的事。"老板娘笑眯眯地说。平时跟维克多回家，老板娘对两人殷勤备至，有时看到价廉物美的东西，打对折的衣服围巾帽子，也会买回来当着儿子的面送给可可。可关系到钱，她却是一点儿也不马虎。

义务帮买东西、高档服饰化妆品，甚至手表包包，这些都是钱，没办法，可可只好向老板娘一再贷款，半年算下来，加上利息，怎么也得十多万了吧？

"唉，管它呢！债多不压身。"可可敷着面膜，依偎在男友身边给他织围巾。暂时把烦恼都丢诸脑后。

13

艾 娃

近 晚 暮

网 蛛 挂 阳 晚

去 肯 不 迟 迟

"我去中国旅行过，你呢？"

"我没去中国旅行过，我去意大利、法国、日本、泰国旅行过。"

"你也没去中国旅行过吗？"

圣诞节虽然是瑞典人最看重的一个节日，但作为瑞典人的卡莱，却至少已经十年没有过一个像样的圣诞节了。以往的每个圣诞节，当大家都坐在壁炉熊熊燃烧的客厅吃大餐、看一成不变的年岁动画、围着圣诞树收礼物的时候，他都是单身一人，跑去桌游俱乐部和一伙志同道合者玩桌游，喝点慕斯可乐，吃点冷切猪肉三文治，就算是过节了。但今年的圣诞节显然与以往不同。现在他有了冬夏，有了家，就应该像样的和冬夏过这个意义非凡的节日。

半月来，卡莱陆陆续续地置办年货，特意去超市买了圣诞节必不可少的冷切猪臀肉和冷熏三文鱼、暖熏三文鱼、慕斯可乐，以及冬夏喜欢的配白水蛋的鱼子酱。路过圣诞集市时，看见有大棵圣诞树卖，他甚至在想要不要买一棵圣诞树回去。琢磨了一下，还是决定先和冬夏商量一下，如果冬夏也喜欢，那就两人一起来挑一棵抱回去。

他大老远停了单车，边往咖啡馆走，边听见咖啡馆里靠门的座位上，围成一圈的沙发里坐着十来个金发碧眼的汉语爱好者，正互相用蹩脚的中文做口语交流练习。沙发中间的桌子上，放着一面小小的中国国旗。

冬夏作为沙龙主持人，一边听大家交流，一边提出适度的建议。

看见卡莱，冬夏向大家介绍并招呼他落座。

"冬夏，这就是你说的语言沙龙啊？不错不错！为你骄傲。"卡莱落座，环顾四周。自从冬夏半年前来这个咖啡馆打工，向老板提出创办语言文化沙龙的建议。发了传单，门口贴了告示，没想到仅仅几个月，就有十多个不同国家的志愿者在这里报名当主讲，创办自己的母语文化沙龙。

慢慢地一传十，十传百，但凡学各国语言的，不管是瑞典人还是外国人，都知道这里有个语言角。来参加语言角的人不用交学费，只要消费够四十五克朗就够了。这是冬夏给咖啡馆老板出的定价策略，一杯咖啡三十五克朗，再买一个十克朗的巧克力球或其他甜点，来参加语言沙龙的人消费往往大于规定的最低消费三十五克朗。但是，谁在乎呢？相比一堂私教课动辄三五百，学语言的人们觉得来这里还是值得的，何况还可以交朋友，双赢。

语言角大大地带动起了咖啡馆的生意，从周一到周六，每个晚上都有不同的语言角，满满当当的，老板乐得眉开眼笑，慷慨地给每一位主讲免费提供一份餐饮。冬夏担任主讲的汉语角在每个周三，到现在不单汉语爱好者来，连寻求社交的华人有时也会来参加，交交朋友。

汉学教授弗洛克听说是冬夏坐镇之后，竟也一改往日独自清修的习惯，很乐意过来喝杯咖啡，和大家探讨交流一下。这样一来，一向不大爱社交的半夏，为了教授也不得不勉强过来坐坐。一时间，竟每周三都是高朋满座。

冬夏提出让半夏来当主讲，半夏道："得了吧，你不来，教授肯定就不来了。他不来，我来还有什么意思？你还是好好地当你的主讲吧，这样我基本还能保证每周见他一次，否则我不主动约他，恐怕我俩连一个月也见不了一面。"

冬夏听她这么说，急忙澄清自己跟教授没什么。半夏笑道："我当然知道！所以才跟你讲这些，请你帮我出出主意。"

两人说着，谈论起自家公司的发展。冬夏打开笔记本电脑，点开不断修改完善的策划书给半夏看。半夏仔细看了，连连点头道："真不错！你说的这些创意，基本上是很多女人都想要的。这让我想起我的养母，别看她是瑞典人，但是因为收养了我和姐姐两个养女，再加上工作，朝九晚五，养父也经常和她一起分担家庭责任，但即便如此，她还是时常感觉精神紧张，工作压力大，隔三岔五就要约一下心理医生。"

两个人交流，瑞典语、汉语并用。听得出半夏汉语水平显著提高，冬夏开玩笑道："半夏，你的汉语水平提高不少啊！教授功不可没吧？唉，对了，你姐姐去中国寻亲的事情怎么样了？"

"快别提了，那简直就像是一出闹剧。她去找她的亲生父母，结果冒出来几十个女人，都说是她的亲生母亲。"

"后来呢？"

"不了了之喽！回来消沉了几天，再也不说寻亲的事了。"半夏喝了一口咖啡。

"半夏，你有没有想过你的亲生父母在哪里呢？你有想过他们吗？"冬夏带着好奇，试探地问。

半夏沉默了一下，盯着手里的咖啡杯道："我是被遗弃的，据说当时还带着脐带，被丢弃在路边一个箱子里，那时是冬天，下着大雪，我已经冻得青紫，快死掉了。一位捡垃圾的老奶奶发现了我，好心地把我的箱子挪到孤儿院门口。我在孤儿院长到快两岁，直到遇到我的养父母。"

停了停，半夏说道："冬夏，你不觉得，不经过考核就可以做人家父母这件事很可怕吗？"她眼睛红红地看着冬夏，"不，你不会体会到这些。想必你有疼爱你的父母，幸福的家庭，我这样的遭遇，你这样出身的人又怎么能体会！我感谢我的养父母。在我的心中，他们就是我的亲生父母。"

"不，不！半夏，你错了！虽然境况不同，你又怎么知道我不能体味你的遭遇！"冬夏心里翻腾着滚滚的情绪，如果放在几年前刚来瑞典时，她一定会跳起来和半夏理论，但是现在，她学会了收敛自己的情绪。

半晌，她缓缓地说道："唉，这世间之事，不如意者常八九，能与人言者无二三。"

半夏听了倒愣了愣，呆呆地看着冬夏。

两人正说着话，只见坐在旁边的卡莱接了一个电话，神色严峻起来，和电话那头的人低声又满怀怒气地争辩了几句，挂了电话。

冬夏见他脸色不对，和半夏说了再见，拉了卡莱出来，忙问原因。才知道他母亲艾娃又酗酒醉倒街头，被人打112抬到了妇女儿童救助中心，这会儿正等着他去接人。卡莱不愿去，和母亲争执了几句，挂了电话。

艾娃被救助中心收留已经不是第一次，工作人员了解一点她的家庭状况，听到电话里孩子们个个不愿管她，一筹莫展。艾娃浑身脏兮兮的，穿着不合季节乱搭配的衣服鞋子，貌似倒头大睡，其实清醒着。对这种情况艾娃已经司空见惯，孩子们一挨十八岁成年，马上被她赶出了家门。最大的儿子，她大约已经有二十年没有见过了。现在跟在她身边生活的，是脾气暴躁、极度肥胖，动不动就歇斯底里地尖叫的十五岁女儿克里斯汀娜——她已经在家休学两年了。

老人院的护理工作，艾娃已经做了大半辈子，经常上夜班，留下克里斯汀娜单独照顾自己。漂亮的艾娃年轻的时候是个不折不扣的"酒吧女孩"，男人一杯啤酒就可以将她带回家过夜。但那是年轻时，现在她已经去不动酒吧了，玩不动了，只有自己买酒回来喝得酩酊大醉。社会救助中心已经多次警告她要善待克里斯汀娜，甚至有几次试图强行将克里斯汀娜寄养在别家，但效果都不佳：只要离开妈妈艾娃，克里斯汀娜就拒绝吃饭。没办法，救助中心只好派了家访人员，随时监督救助。

听了卡莱的述说，冬夏拉他走到几步之遥、深水静流、穿城而过的约塔河鱼教堂段桥上。她知道卡莱已经有很多年拒绝和母亲见面，但是，当她知道卡莱还有个未成年的妹妹时，心里不由得痛起来，觉得自己有必要劝说卡莱和家里人保持适当的联系。

这是一座公路桥，平日里桥上汽车、电车往来不断。此时行车渐少，两人站在栏杆处，望着宽阔的水面，一群野鸭正在溯流觅食。

"卡莱，还记得森林营地那次，我给你讲的那个故事吗？"冬夏深吸一口气，看着静静流淌的河水，"监狱七年，我一刻也没停过想那些事。整整七年我到底想了些什么，其实我也无从知道，但是那些年的思考现在慢慢显现出了它们的结果。现在，每当我遇到一件事，我就悟到一次，现实和那时的思考相互印证，这就是彼时的思考给我现在的领悟。"

"我们不需要和过去的生活和解，自己错了就是错了，别人做错就是做错，那些错不会让过去的时光倒流，而我们的人生只有一次。所以我们时常要记得止损改过，也不会因为当事人的一句对不起或什么忏悔就原谅他们。每个人都必须为错误承担责任，尤其是有心之错。"

"然而生活在继续，一味地沉迷于自己或别人的错误不能自拔，显然是更大的错误。我自己，加上监狱里的日子和来瑞典的日子，也已经有十多年没有见过我母亲了。我想，终有一天会见的，但不是现在。但你的母亲，就在眼前啊！"

情绪愤怒的卡莱慢慢被冬夏的话吸引了，他安静下来，问道："终有一天是多长时间呢？明天？一生？"

"都有可能。"冬夏迎着海风，看着远方。

"冬夏，其实，几年前，我们第一次在中国见面那一次，之前我和丽卿已经见过你妈妈。她当时客气地招待了我们，即便是假结婚，她也想看看和你假结婚的人是不是个好人。"卡莱回忆到这里笑起来，一些温馨的小细节浮现在他脑海。

"然后呢？她觉得你是好人吗？"冬夏问。

"她当时说我：假浪子，真好人。"卡莱笑笑地看着冬夏。

"编的吧！"冬夏不可思议地看着卡莱。她无论如何也不相信妈妈看人会如此之准。但是她忘记了，她妈妈是常年搞政工工作出身，最擅长的，就是识人看面。

"怎么样，冬夏，你答应我回国去看你妈妈，我就答应你一会儿去接艾娃送她回家。"

卡莱一动不动地看着冬夏。现在的冬夏是如此知性，风吹乱了她的半丸子披肩长发，使她显得愈发妩媚柔软，但是他也从来没有忘记初见面时那个绝世独立、桀骜不驯，甚至曾经刺伤过他的冬夏。

"这是交换吗？爱可以交换吗？"冬夏收敛了笑容，严肃地审视着他。其实她今晚意在劝说卡莱，没想到卡莱倒劝起自己来。

"不是交换！宝贝，我只要你开心！"卡莱轻轻吻吻冬夏额头。

"去接艾娃回家吧！"冬夏像是得胜，又像是妥协，她拉起卡莱，走下桥。

冬夏一路想着艾娃的样子，但等到她真的见到艾娃的时候，还是吃了一惊。过于消瘦的样子让她第一时间想到她是不是在吸毒。十年不见，艾娃抬起眼神涣散的眼睛看了看卡莱，眼里仿佛燃起光，但瞬间熄灭了。她沮丧地低下头，不断从肩膀伸下去挠着后背，仿佛那里有一千只虱子在爬。

冬夏忙过去扶起她，她停止挠背，温和地朝冬夏笑了笑。看见这笑，不知怎的，冬夏心里一酸，眼里热热的。她扶起艾娃，静静地走到门外等卡莱签完字。

回去的电车上，三个人都没说话。艾娃一路闭着眼睛，仿佛睡着了。

这是救助中心帮忙租的房子，像所有的公寓楼一样，外表看起来干净整洁，走到门口，艾娃挡在门外，对卡莱和冬夏说道："对不起，克里斯汀娜不愿见生人，我不能让你们进去。"

卡莱点了点头，留下手中置办的两大包年货，拉起冬夏下了楼。

"哎，你们的东西。"艾娃用脚尖碰碰脚边的两个大袋子。

冬夏回身上楼，温和地看着艾娃："艾娃，快过节了，留下吧，祝你和妹妹圣诞节快乐！"卡莱径直一言不发地下了楼，走到拐角处，才发现不知不觉中眼窝湿湿的，他赶忙在冬夏来之前抹了一把眼睛。

走过来的冬夏发现了卡莱的异样，但她什么也没说，挽起卡莱的手，十指紧紧相扣，和他一起消失在家家户户烛台闪烁、星星点灯的街头。

看着两人的背影走出院子，躲在窗户后面的艾娃收回了目光，克里斯汀娜和她一起站在那里。

"那是谁？"克里斯汀娜问。

"是哥哥卡莱和他的女朋友。"艾娃回答。

"克里斯汀娜，以后如果妈妈哪天死在了屋子里，你不要怕，去找你哥哥卡莱，他是个好哥哥，他的女朋友也是个好女人，一定会管你，好么？"艾娃转过身，在女儿的额头上亲了一口，抚摸着她乱七八糟、海草一般纠结在一起的长发。

女儿的长发看起来乱麻一般，毫无光泽。

"该梳梳了。"她想。

"去拿梳子来，妈妈给你梳梳头。"艾娃温和地看着女儿。这个从酒精中苏醒过来的女人，觉得心中有一处冰正在慢慢融化，她感觉冰封的久违的幸福感，像春水一样，丝丝地从心底深处渗出来。

14

进屋脱鞋

潮　起
我　的　脚　印
淡　入　海　中

在瑞典，上床似乎是件很容易的事。内敛的瑞典人，平日里车站等车都要确认每个人间距须在一米以外，否则人与人之间莫名其妙靠得太近，会让一个纯种瑞典人窒息。可这种态度一到了床上，又立刻颠覆过来。当别的国家的男男女女初次见面，还在朦朦胧胧烛光晚餐的时候，瑞典人已经在床上开始干柴烈火。然而，别的国家的男男女女在烛光中确认过眼神，是那个对的人，才开始上床你侬我侬的时候，在床上确认过对方合拍的瑞典人，这时却俨然严肃庄重起来，怀着忐忑的、生怕对方不情愿的心情预订餐位，诚挚地邀请对方共进晚餐。进餐中，两人客气拘谨的态度，简直让人怀疑是初次相识。

对于汉学教授弗洛克和半夏来说，也不例外。两人都是成年人，这个周末你来我家做饭，下个周末我去你家烛光晚餐，一来二去，哪怕是肢体的稍微接触，都无异于天雷勾动地火，上床也成了情理之事。

相对于半夏，弗洛克显然没有什么经验，然而最为致命的是，许是紧张，偏偏他喜欢在床上两人前戏的时候，谈一些之乎者也的世界哲学问题。什么乔治·奥威尔的《1984》和村上春树的《1Q84》之殊同、未来欧洲之局势、"活着，像狗一样活着"观点之正误等。

他一边爱抚着半夏，一边探讨着这些问题，简直让半夏忍无可忍还要兀自强忍。每当半夏要集中注意力，将情绪调动到身体感官上时，身体深处刚刚燃起的丝丝火苗，就被这些愚蠢的探讨浇灭了。她真想一把堵上他的嘴，请他噤声，静静品味身体爱抚的感觉就好。

但她同时也知道在床上动气把浪漫搞砸是愚蠢的，然而当她旁敲侧击地提示过几次之后，教授在床上木讷的程度简直让她绝望。

几番尝试，教授的情欲也终于激发出来，两人开始享受云雨之情。可刚刚进入状态的半夏还没开始，教授已经结束了。半夏简直欲哭无泪。

两人的感情，进入了胶着状态。

夏天来时，可可向妈妈发了邀请函，申请到了来瑞典探亲的签证。会做人的惠竹听说可可母亲来了，立刻当着儿子的面表示要摆家宴为可可母亲接风。可可本来还没有打算这么快让母亲见老板娘，听老板娘这么说，有点迟疑。维克多见状，责怪她不懂领情。可可有苦难言，暗暗埋怨男友不懂自己的心思。小情侣为这事闹了点小矛盾，不过最终，可可还是屈服在了惠竹的盛情之下。

惠竹的车刚好送修，可可央求丽卿开车去机场接母亲，丽卿忙，拜托了有驾照但没车的卡莱开她的车去。待冬夏、卡莱、可可和可可母亲一行到达市区，可可收到老板娘短信，请她回来时顺便去超市买包盐回来。明知市区停车不方便，这不成心吗！没奈何，可可只好请卡莱就近找车位停了车，去超市买盐。

可可的妈妈因为女儿找了一个一表人才、家境殷实、自己又上进的男朋友，心里自是百分百满意。头次出国，飞机一路奔波，透过车窗东眺西望，兴致勃勃，倒也全然不见疲惫。在后座见到等待间隙，坐在驾驶和副驾驶的卡莱和冬夏两人柔情蜜意，卡莱将握方向盘腾出来的手放

154

在冬夏腿上，两人十指紧扣，可可妈好不以为然。

　　她本以为女儿找了个十全十美的男朋友，此时见到比女儿年龄大了整整一轮的冬夏，竟然也找了个跟女儿男友的年龄、才貌不相上下的男朋友，且对冬夏如此嘘寒问暖，心里不免又惊又诧。虽然是第一次见冬夏，但早先也零星听女儿讲过她这帮朋友，又以为卡莱听不懂汉语，忍不住身子探到前面单刀直入地问冬夏："你大他六岁他知道么？"

　　冬夏点点头。

　　可可妈又追问道："那他有没有跟你说过啥时跟你结婚？"

　　冬夏摇摇头。

　　可可妈仿佛扳回了一局，轻吁了口气，说道："可别是骗你的吧。看这样貌，以前谈过不少女朋友吧？"

　　"一个。"

　　"一个？"

　　可可妈又重新上下打量了一下卡莱："别是身体有啥毛病吧？"

　　冬夏起初还看在可可面上，勉强回答，现在终于忍不住自己心里的厌恶，看见可可买盐回来，赶紧戴上耳机听音乐，生怕老人家再问出些什么不合时宜的问题。旁边的卡莱却只管抿着嘴偷笑。待一送达目的地，冬夏赶紧拉着卡莱开车逃离。

　　看着绝尘而去的车，意犹未尽的可可妈转身对可可继续点评道："你朋友的男朋友，快三十了，才谈过一个女朋友，又愿意找个比自己大这么多的，我跟你说，这种人，别看他是老外，别看他是工程师，你朋友不要他，没人要的！也就是你朋友，年龄一大把，放在国内只能找二婚找老头了！这里国情开放，好不容易找个这样的，那绝对是要扒着不放的。"

听到妈妈这样八卦，可可终于忍不住说道："妈，你双手互搏累不累啊？"

"啥双手互搏？"

"金庸小说里的双手互搏。好了不说这个了，这不是重点。待会儿见到维克多他妈妈才是重点。这老太太中餐馆老板娘出身，又精又狠，你到时跟她说话一定要小心，可别把咱们那点家底全翻出来了。"

可可妈讨好地看着女儿，用挽着的胳膊捣了捣她。

"妈懂！"

两人摁了门铃，维克多开门，进了屋。可可妈被屋子里一水儿富丽堂皇的气势震慑了一下。看见长长的门廊里维克多妈一边说着欢迎来瑞典，一边迎出来，赶紧上前几步打招呼。可可眼见妈妈连鞋进屋，后悔忘了提醒妈妈瑞典这边都有进屋脱鞋的习惯。她连忙一把拉住妈妈："妈，鞋，脱鞋。"

老板娘慢悠悠地说道："不碍事，不碍事，不用脱鞋啦！一会儿我再吸一下尘就行啦。进来吧，进来吧。"说着，一双眼睛却一直盯在可可妈的鞋上不移开。这倒弄得可可妈尴尬起来，说真的，她还真不知道瑞典有进屋脱鞋这一遭儿。虽然她出门新换了见人的衣服，袜子却寻思着一路风尘，免不得要弄脏，所以特意捡了双烂的穿，准备一落地就扔掉，谁知道好死不死碰上这一道坎。见大家都盯着她的鞋看，她硬着头皮脱了鞋，亮出前露脚趾后露脚跟的袜子，脸上不由热辣辣的。

老板娘偷眼瞄了瞄那双破袜子，冷冷地抿嘴笑笑，装出什么也没看见的样子，花枝招展满面含笑地将可可母女让进屋内，说道："维克多，你先招呼着伯母，盐到了，我就赶紧炒菜吧。本来早就应该炒的，哎呀，人老了，糊涂了，明明记着买过盐了。好了不说了，再耽误，可就赶不上你晚上去实验室了。"

可可听闻，没来由的委屈，本想分辩几句，明明家附近就是超市，却要她开着车在市中心买盐，但压了压，没说出来。

可可妈在旁边听着，搁平日她必定会为女儿分辩，但因为一进门脱鞋这件事，气势受到打压，她拘谨地坐在那里，倒啥也不好说了。

待一桌子菜做好，差不多也快到维克多去实验室的时间了。他匆匆忙忙吃了几口，嘱咐可可招待老人家吃好，套起衣服赶紧出了门。惠竹饭桌上本来亲亲热热、客客气气的，一挨儿子出门，立刻变了脸，站起来手扶着腰道："哎呀，我这腰啊，一劳神就疼。我吃饱了，去沙发上坐会儿，你们慢慢用吧！"说着移步沙发，将可可母女俩晾在那里。

可可和妈妈见此，也只好站起来，表示吃饱了。可可妈赔着笑，坐到沙发边的椅子上。可可在老板娘家是惯做家务的，赶忙将一大桌子菜打包拾掇进冰箱，又将杯盘碟盏分门别类收进洗碗机清洗。待将厨房打扫整理干净出来，见妈妈正和老板娘有一搭没一搭说话，看到妈妈求救的眼神，可可忙推说妈妈长途跋涉，需要休息，自己手头也有未完成的工作，需要早点回去。

两人告辞出来走在街上，可可拉着大大的行李箱，妈妈一句话不说，脸色凝重地跟在后边。街灯将两人的影子拉得老长，半晌，可可妈妈才长长叹了口气，说道："可可啊，妈在担心你以后的日子。以后你真嫁过去了，这日子可怎么过！"

她紧走两步，看着可可道："要不，你跟维克多就算了，那孩子是好孩子，可恶婆婆跟前好媳妇难当。我看着你那朋友不错，要不咋地，你试着跟他处处？"

"啊，卡莱？你让我挖墙脚啊！妈，这你都能想得出来。"可可不明所以地看看她妈妈。

"啥挖墙脚啊，我看那俩年龄悬殊那么大，准成不了，你俩青春年少正般配，机会啊，都是主动争取来的，等是等不来的。"可可妈妈看着可可。

"妈，这种心思就别想了，别管维克多他妈，就算以后结婚了，也未必住在一起，只要维克多对我好，我就输不了。对了，我看你刚才都没吃几口，就被可恶的老巫婆赶出来了。走，我领你去吃印度餐！"

"对，老巫婆！她就是个老巫婆！"听见女儿这样称呼她未来的婆婆，说明女儿的心还在自己这边，可可妈心情瞬间好起来。

两人说着，可可手机响起来，是丽卿打来的电话，一来问候可可妈是否平安抵达，二来问她上回寄来的策划书可有看过，有什么建议想法。

原本丽卿也没想着可可会自己开咖啡厅，只是想听听冬夏、可可她们有什么建议。但后来看到策划书，和海归一来二去一谈，再一琢磨，她有了新的主意，觉得是不是可以给弟弟和弟媳盘间门面，做做这个生意？这么一想，越来越觉得可行。因此策划书不但给九零后的可可寄了，也给向来主意最多的冬夏寄了，看看她们怎么说。开咖啡馆只要十万，这笔钱，丽卿还是可以拿出来奉献给家里人的。

虽然一直打定主意不和家里有什么太多的经济来往，但遇到有能挣钱的机会，她第一个想到的，还是家里人。凭弟弟和弟媳的见识和能力，单个儿生意肯定做不起来，但既然是连锁，照猫画虎被人带着做，这点能力，她相信弟弟和弟媳还是有的。何况从长远合计，为家里人打算也是为她自己打算。凭现在家里的经济能力，母亲有退休金，弟弟工厂工作，日子还凑合能过，但那是在一家人健康平安的前提下，等到将来母亲再老一点，生个什么病，或者小侄子将来上什么重点中学、重点大学，没钱了还不是向她伸手？就连老实本分的弟媳妇，不是也因为她这个姑姑在国外，存了将来让侄子出国留学的想法么！

　　授人以鱼不如授人以渔。丽卿觉得与其不断给钱，还不如早早教他们挣钱，两下安好。

　　可可看了策划书，觉得挺好，也提不出什么新鲜建议。倒是冬夏，噼里啪啦提了一长串建议，而里面最可取的——为那些想出国留学或者结识外国人的西语爱好者在咖啡馆设语言角，得到了丽卿和海归的一致认同。海归本没指望丽卿加盟，却不曾想"有心栽花花不成，无心插柳柳成荫"，他极力游说的几个合伙人，都成了泡影，随便一说的丽卿，却意外地成了合伙人，令他喜不自禁。

　　海归的父亲是市里小有名气的画家，母亲是重点中学的老师。找门面、办执照，母亲为儿子的事情在家长群里顺嘴提了一句，第二天就有有能耐的家长私信海归母亲，表示可以尽绵薄之力。结果预计三个月办完的各种手续，不到一个月就齐备了。这办事的速度，不禁让丽卿对年轻有为的海归更刮目相看。海归在丽卿这个女神大姐这里得到赞赏，自是得意。

　　因为门面的事，丽卿也往国内跑得更勤了。冬夏眼瞅着丽卿不同以往的神采奕奕、满面春风的样子，不禁取笑她："你该不是和安德士又梅开二度重陷爱河了吧？满脸桃花啊！"

丽卿笑道："瞎说什么！"

听说丽卿帮着家里人在国内和人合伙开了咖啡馆，可可后悔没紧跟步伐，帮妈妈也插上一脚。

不过，自打妈妈上次来看她，妈妈的朋友们都要妈妈从国外带东西回国，还都是高档奢侈品，可可彻底尝到了代购的甜头。一共一个月时间，大部分时间，除了常规的奶粉，她都在陪着妈妈往市中心高端奢侈品广场 NK 帮妈妈的一帮朋友们购物，什么兰蔻、资生堂的面霜、古奇、拉夫劳伦的包包、手表、药店深海鱼油、虾青素保健品，林林总总。到大包小包回国的时候，妈妈的消费额度都记在可可账上，可可在 NK 的白金卡，已经升级成了 VIP 的黑金卡！单是退税，就大赚了一笔，再加上购物超过一定额度的赠品及一打打的试用小样，可可觉得自己大半年都不用买面霜了。

除了代购，无论每次妈妈来看望她，还是她自己回国，都捎带着给人做有偿带东西的业务。甚至，如果不贪恋那些赠品和退税的话，她倒觉得单做帮人带东西这业务也挺不错，赚得倒还比代购多。慢慢的，她有了固定的单线带东西联系人。

现在有了钱，她渐渐打扮起来。人靠衣服马靠鞍，气质也看着好很多，时不时的还给老板娘送几件奢侈品，压一压老板娘的威风。

"这么几年数下来，大家的生活都在往上走，除了冬夏和卡莱。幸亏当时没找卡莱，就算是他看不上我，放到现在，也是我看不上他吧！"可可暗暗心想。对于卡莱当年对自己情愫的拒绝，可可一直心有不甘。这么想着，对冬夏和卡莱的态度，可可也慢慢傲慢起来。

15

孤 旅

秋 日 暮
秋 千 空 摇
人 去 笑 声 留

戒酒之后的艾娃,气色看上去阳光明媚不少。

圣诞时,在被遗弃小动物中心做义工的冬夏和卡莱从动物中心领养回一只橘猫,起名庆有余十六世。这只两岁的雌性橘猫,如果没有人来领养的话,就会被处死。两人不忍,虽然住处不宽敞,经济有限,还是将猫领养了回来。

这年夏天来临时,卡莱漫长的学业终于在论文顺利答辩完后画上了句号。哥德堡是海港工业城市,跨国企业颇多,良好的汉语能力帮了卡莱的忙,他顺利应聘到一个与中国有合作项目的室内环境设计公司工作。和母亲艾娃以及妹妹克里斯汀娜的关系,也在冬夏的润滑下,得到了极大的缓解。

一回来,庆有余十六世就被抱去做了绝育手术,手术费一千五百块钱,害得两人啃了半个月干面包。之后不久,他们又领养回一只即将被处死的纯黑瑞典拉普驯鹿狩猎犬,起名娘喜儿十六世。娘喜儿十六世是个调皮的男孩子,这次两人放弃了给娘喜儿十六世做绝育手术的计划——四千块钱的手术费对于贫穷的卡莱和冬夏来说,无疑是笔大开销。好在卡莱开始工作,除了冬夏在咖啡馆工作的收入,他的工资也开始到账。冬夏告诉卡莱她不喜欢什么都要 AA 制,两人商量了一下,钱放到一起花,计划经济。家庭开支,除了房租,第一项就是动物保险。

猫狗病不起，庆有余和娘喜儿加起来一年一万多的保险费，两人咬咬牙，交了。

"难怪以前瑞典人要用三个 V：VILLA（房子）、VOLVO（汽车）、VOVVEN（狗狗）来形容中产阶级的生活，瞧这汪，这喵，不是真爱谁养得起啊！"遛狗回来的路上，冬夏一边挽着卡莱的胳膊，一边感叹。卡莱闭着眼睛，由冬夏牵着走，笑而不语。

走到楼下，两人吃惊地，发现从来不肯出门的卡莱妹妹克里斯汀娜站在那里等他们。

"喏，这些钱够吗？我要买娘喜儿十六世。"克里斯汀娜伸出手，将一个装满零钞的塑料袋递过来。两人看了看，估摸着大概有几百克朗的样子。卡莱面对妹妹天真的蛮横，不置可否。他笑着抓抓她凌乱的短发，冬夏将狗绳交给克里斯汀娜，三人上了楼。

克里斯汀娜长时间失学，成天坐在电脑跟前打游戏，极度缺乏和人交际的能力，和娘喜儿十六世见过两次，爱极了这只狗。上得楼来，见她哥哥不说话，便解开绳子，搂着汪不放。

"克里斯汀娜，你喜欢狗，经常来看看就得了。你自己养，别的不说，你成天不出门，谁去遛狗，还有，狗粮的钱哪儿来？你先照顾好你自己吧！"卡莱一边煮咖啡，一边对妹妹说。

"我有狗肯定会出去陪它散步，我还有每个月一千零五十克朗牛奶金，我的牛奶金养它够吗？"克里斯汀娜坐在桌前，掏出包包里走哪儿带哪儿的画本，抱着狗，在本子上涂鸦。冬夏仔细看看她的画，被克里斯汀娜的绘画天赋惊住了。画里面的人物面孔都是呆呆的，甚至有点扭曲，但立意却直取生活本质。在克里斯汀娜的画里，这样的风格出现在城市林立的景色布局里，却与自由散漫的懵懂形成了矛盾的对立统一，反而性格鲜明。

"你的牛奶金？艾娃还指着你的牛奶金过活呢！"卡莱一边说，一边心里盘算着是否真要和冬夏商量一下，将汪送给妹妹养。对于妹妹克里斯汀娜，卡莱虽然表面上漠不关心，但妹妹婴儿时那甜甜软软的可爱模样，卡莱一直记得。

"克里斯汀娜性格有些自闭，说不定养一只汪倒可以帮她纠正性格。她也不能一直在屋子里躲一辈子不见人。"想到这里，他给冬夏和自己一人倒了一杯咖啡，给克里斯汀娜倒了一杯牛奶，将冬夏叫到了卧室，抱着她，关起门，刚想说话，冬夏笑咪咪地，看着他道："我知道你要说什么，你是想和我商量把汪给妹妹是么？"

卡莱摸摸她的头发，点点头。

冬夏道："给是可以给，你的想法我知道，但要智慧地给，想要得到就先要付出，所以有条件，不能白给，不然于事无补。"

"什么条件？"卡莱看着她。

"妹妹要汪可以，但是先得和咱们每周一次在小动物保护中心做义工，熟悉怎么照顾汪。还有，她必须去上学。答应了这两条，娘喜儿就可以留在她身边。"冬夏严肃地看着卡莱。

卡莱醍醐灌顶般地看着冬夏，他没想到冬夏爱护自己的妹妹，考虑如此周到长远，他感动地搂住冬夏，吻了吻她："完了，冬夏，我觉得我越来越离不开你了。"

冬夏笑着，点了一下他高高的、笔直的鼻子："怎么，还想着要离开我啊？还有狗粮这一块儿呢，狗粮的钱咱们可以出，但不能直接给，得让妹妹自己挣。这样才能让她知道辛苦和责任。我刚才看了她的画，很有灵性和天赋，我回头跟露易丝和可可商量下，公司正要做一批手绘锦囊，如果没问题，可以用她的画，报酬就可以作为狗粮的钱。"

卡莱给冬夏比了个大大的赞。

克里斯汀娜听到哥哥和冬夏的建议，想了一会，慢吞吞说道："好吧。"手紧紧将汪搂在怀里。

卡莱和冬夏相视而笑。

汪的到来，不仅改变了克里斯汀娜的生活，连带着艾娃的生活也改变了。以前艾娃在老人护理中心工作，晚班多，白天基本上都是在蒙头呼呼大睡中度过。周末则以买醉作为消遣，常常喝得不省人事。自从汪进了门，克里斯汀娜万般上心，除了上学，所有的时间都用来陪狗狗。在学校需要待到下午两点，克里斯汀娜记挂着无人遛狗，央求妈妈在她上学的时候代为照顾。

女儿的开口请求让艾娃受宠若惊。

以前女儿根本就不和她说话，两人沟通的方式就是歇斯底里的吼叫。只要克里斯汀娜关起卧室的那扇门，除非她自己出来，否则艾娃根本就束手无策。现在女儿竟然主动和她沟通，还请她帮忙。艾娃看着女儿湛蓝的大眼睛，仿佛那个曾经乖乖巧巧的女儿又回到了身边，这怎么能不让她既惊且喜呢！她毫不犹豫地答应了女儿的请求，并趁机抱了抱女儿。见克里斯汀娜没有反抗，她更紧地将女儿抱在了怀里！

哥德堡是个别墅环绕公寓的城市，坐车出去二十分钟，二十世纪五六十年代留下来的别墅比比皆是，当然也有动手能力一流的居家男人们买地自造的新概念别墅。不管新旧别墅，人们对土地的热爱永远不变。几乎家家户户的庭院里，千百平方米的前后院草坪上，几株苹果树是必不可缺的。秋天来临，早熟的果子掉了一地。好客的庭院主人们将做苹果酱外吃不完的果子满满地装在篮子里，放在栅栏外，插个牌子，写上"请君自取"，过路的人们一时口渴，或一时馋了，取一两个，也是常事。

丽卿的院子里也有几棵苹果树，今年秋天，她照常摘了刚下枝的新鲜苹果，用小纸箱装好，分给冬夏和可可她们享用。诊所的办公桌上，一到秋天，来的客户们都有份品尝到甜甜脆脆的苹果。

冬夏收到苹果，取出两个和卡莱尝鲜，剩下的，她依旧用纸箱封好，嘱咐卡莱带给艾娃。艾娃极少被人这样关心，看着这些苹果，闻着带着枝叶、蒙着白雾的苹果散发出来的清晨露珠的清香，让她想起久违的在父母庭院里生活的儿时时光。她拿起一个苹果，放在鼻子底下，久久地、贪婪地嗅着。

一个周末，艾娃告诉卡莱她烤了刚下枝的新鲜苹果派，想请冬夏来家里做客。对于这个既熟悉又陌生的异国女孩、儿子的女朋友，克里斯汀娜每进步一点，艾娃对冬夏的感激之情就多一分。不单因为汪的到来改变了女儿自闭和焦躁的性格。学校和动物保护中心的社交，也让克里斯汀娜脸上的笑容渐渐多起来。在学校和动物保护中心，克里斯汀娜都有了要好的朋友。

为帮女儿照顾汪，艾娃推掉了晚上的工作，选择了白班。作息时间调整后，艾娃的生活内容也发生了变化。女儿经常有同学来玩，她开始注意将屋子打扫得干干净净，自己也收拾打扮起来。这一切的变化，艾娃都觉得是冬夏带来的幸运。冬夏的出现，不仅帮她带回了失联多年的儿子，也拯救了女儿克里斯汀娜的人生。可艾娃不是一个善于表达的人，她只能用一盘亲手做的苹果派，表达她心中天一样大的感激。

吃完派，喝完咖啡，一家人牵着狗，去外面散步。艾娃告诉冬夏要带她去一个地方。

这是市区附近的一个公墓。

初秋时节，天高气爽，墓地里绿草茵茵，大部分十字架石头碑前都被前来缅怀的家人种植点缀满了玫瑰、石兰、月季等鲜花。整个墓地散发着公园一般的悠闲气息。走到一块刻着"古斯塔夫·艾瑞克桑"字样的碑前，艾娃将一束沿路采来的紫色铃兰祭献在墓碑前，蹲下身，抚摸着墓碑。冬夏也静静弯下腰，蹲在艾娃身边。

"这里面是卡莱和克里斯汀娜的父亲古斯塔夫，也是唯一和我登记结婚的人。"艾娃看着墓碑，喃喃地说。

"你，结过婚？"冬夏有点出乎意外，看着艾娃。从前无论是从卡莱的描述里，还是打认识起就见过的生活状态中，艾娃给冬夏的印象，始终是孑然一身，她着实没想到艾娃还有过丈夫。

"那他怎么去世的呢？"冬夏关切地看着艾娃。

"这是我唯一的一次婚姻，也是我唯一爱过的一个人。他是个小有名气的摇滚歌手，有个酒吧驻唱的重金属乐队。从酒吧演唱的第一次见面，我就对他一见钟情。为了他，我追随着他的乐队，走遍了欧洲，参加了各式各样的音乐节。"

"他是个自由的人，从不愿受任何形式的约束。而我，却偷偷怀上了他的孩子卡莱，使得他不得不留在了我的身边。为了这个孩子，他也答应和我结婚，做我的丈夫，并告诉我不愿再要孩子。"

墓地

"他遵守了他的诺言，而我却违背了我的诺言。"

"我们在一起第十三个年头的时候，我又怀上了小女儿克里斯汀娜。他爱克里斯汀娜，却对我的背叛承诺感到愤怒甚至绝望。也许他是一只向往蓝天自由自在的鸟，而我用孩子和家庭将他困了十几年。在最后的三年，他一直拒绝和我说话。直到有一天，他的母亲过世了。他一直和母亲闹得不愉快，不愿参加母亲的葬礼，我只好带着卡莱和克里斯汀娜前往。回来后，我们四处找不见他。后来，警察在后面的山上找着了他，找着他的时候，他已经去世几天了，自杀。"

悲伤从艾娃的眼睛里溢出来："你知道吗？参加完葬礼回来找不到他，我就有个预感，觉得他已经不在了。而我只是不愿承认这个预感，徒然地四处找他，希望有一天一开门，他就出现在门口，像往常一样告诉我：嗨，亲爱的，你要的口红已经买回来了。"

讲完这段话，艾娃和冬夏都静静的，很长时间没有再交谈。古斯塔夫的死让冬夏想起了姐姐，一股悲伤的情绪也在她的心中涌动。过了好久，那边传来娘喜儿的叫声和克里斯汀娜呼唤狗的声音，两人才从各自悲伤的记忆里醒过来。冬夏站起来，伸了伸些许麻木的腿，扶起了艾娃，艾娃却两眼一黑，栽到了地上。

死亡来得直接而突然。

心肌痉挛带来的猝死夺走了艾娃的生命。

她葬在了唯一的至爱古斯塔夫旁边。

死后，卡莱在她的抽屉里发现了大量的心脏病诊断书和药。

"也许妈妈早已经知道自己身体的状况，只是不愿意面对罢了。"冬夏看着这些，搂着哭泣的克里斯汀娜，轻轻安慰着悲伤的兄妹俩。

卡莱想起儿时将自己抱在怀里、在盛开的苹果树下转圈的穿着长裙的年轻的母亲。"唉，这些年，我们都做过些什么！"他将那些诊断书紧紧攥在手里，闭上了眼睛。

艾娃的离世，给卡莱带来了极大的打击。从艾娃离世，他才开始了解她。他不得不承认，在内心深处，他是极度深爱着母亲的。互相深爱却又互相漠视，最终都以自残了结。

也许母亲的一生，就是一场孤旅。祖父祖母都是个性偏执之人，因为一次诡异的非洲之旅，导致两人婚姻解体，此后四十年，他们虽彼此居住距离不过一百公里，却是再没有见过面。

不单祖父祖母，连卡莱的父亲古斯塔夫，二十岁时和母亲发生争吵，也发誓不再往来。果然，此后的许多年，不管是和妻子艾娃办婚礼，还是有了儿子卡莱和后来的女儿克里斯汀娜，父亲都没有再和祖母说过一句话，见过一次面。

也许不单祖父祖母、父亲，或许整个家庭，都带着这种偏执的基因吧！

在乡下外祖父祖母留下的已经渐渐变得破烂的夏日度假屋里，卡莱翻看着母亲遗物里的家庭相册。童年的回忆像潘多拉魔盒一样被打开了：尚在人间却从不互相走动的祖父祖母，已经过世的外祖父祖母，以及散落在各处、有血缘关系却未认识过的堂兄弟姐妹们，甚至与自己同母异父却比陌生人更陌生的三个哥哥姐姐们。纵观相册中的族谱，从那些死去或依然活着的家人们的眼神里，无一不透露出对这个世界的质疑，似乎冷漠、偏执、固执地贯穿在整个家族的基因里。

这个发现让卡莱倒抽一口冷气。他怕，怕自己也有这样的基因而不自知。

　　转头看看院子里和娘喜儿追逐嬉闹的冬夏和克里斯汀娜，卡莱一阵后怕。他看着阳光下浑身散发着青春少女般气息的冬夏，隐隐心疼。冬夏的那个悲伤的故事，曾在他心头盘桓良久。

　　"冬夏，如果有一天我辜负了你，我该怎么办？"他看着院子中的冬夏，陷入久久的沉思。

下卷

16

海关检查

剧 院 魅 影

雷 阵 雨

穿 过 山 谷

可可的代购生意和代人运货生意做得风生水起，眼看着荷包隆起，成了小富婆。但在老板娘跟前，她遵照妈妈的主意，照样装穷。老板娘愿意借给她钱，她就借好了，反正到时候还有男友在那顶着。

　　自己这里，只是帮人两头带带东西就赚这么多，可可觉得只要找对了路子，钱不是不好赚。她做生意，不仅在各大商场超市限时购，还捡了个大便宜，在竞拍租位中抢到一个靠码头的仓库，月租三千克朗，用来囤货再方便不过。

　　这块肥肉引来不少人的垂涎，竞拍后不久，就有同样做代购的同行不断打来电话，愿意用双倍甚至三倍的价格让她转让。可可自然不干。大家这么眼红这个码头仓库，可见是个风水宝地。她暗暗拿定主意，从中国再跑一趟货回来，就重新找个仓库，然后将码头仓库高价出租，以后单靠这个码头仓库，又是一笔稳定收入。

　　退休的母亲一来可以经常探望女儿，二来可以赚钱，也加入到了帮人带货的生意里。现在的她，可不比当初第一次出国，什么都不懂。从中国机场到瑞典机场，她熟门熟路，袜子换得崭崭新，成了飞机上一年至少飞上两三次的常客。

　　眼下，离登机时间还早，母女俩一人一个限重二十三公斤的大行李箱，找了个餐馆吃自助餐。可可一样拣了点，边吃边看电视上正播着的缉拿毒品走私的新闻，远远看见母亲端着两盘堆得像小山、摇摇欲坠的龙虾盘子，绕着人走过来。

可可脸一红，瞄了一下四周，对她妈妈说道："哎呀，妈，这是自助餐，吃多少拿多少，又不限制次数，你不用一次拿这么多，人都看着呢！"

"怕啥，自助餐，咱们交了钱，吃得正大光明，想吃多少拿多少我愿意。再说，这家餐馆也就这大龙虾好，不拿就没了！吃吧吃吧，我是守在那儿，眼看着他们端了新出锅的出来的。赶紧吃，就吃虾，虾贵，三文鱼牛肉那些就别吃了。一会儿吃完我再整两盘来。"可可妈妈一边说，一边刀叉也不用了，上手剥虾。

可可知道说不过妈妈，无可奈何地嘟了嘟嘴，丢下吃了一半的三文鱼开始剥虾。

待到吃饱喝足乘机场巴士抵达机场，刚刚赶上航班行李开始排队托运。可可检查完所有证件，集中装在斜挎在前面的小包包里，松了一口气，一边和妈妈排队，一边玩手机。突然，一个视频发过来，是一些人在不知情的情况下帮人带毒品被海关抓的新闻，接着，一个陌生的号码打了进来："李可可，视频看了吧？看看你的行李，有人找你帮带的奶粉里，其中一盒可疑哦。"

可可吓得一激灵，她微微发着抖，紧张地问道："可疑什么？你是谁？你胡说些什么？"

"嘘——"男子在电话里笑起来，露出一口整齐的白牙，"可可姐，李可可，家庭地址XXXXXXX，人口号码XXXXXXX，电话号码XXXXXX。正确？我是来救你的！你经常帮别人带东西不是？你知道那些东西里混着什么吗？"男子笑笑，压低声音，"白粉，也叫海洛因！"

听到这三个字，可可如五雷轰顶！浑身骤然间大汗淋漓，她脸色煞白地说道："你胡说什么？不可能！"

"看看左手边，海关正检查着呢！携带超过五十克海洛因可就是死刑哦！"可可顺着他示意的方向一看，果然，那边不知怎地多了几个荷枪实弹的缉毒警察，正在示意一个抱着婴儿的女人打开她所有的行李。随后，警察示意女人抱着孩子进了电梯。目睹此情景，可可一阵晕眩。她手心冒汗，虽然嘴硬，但是心里却按捺不住"咚咚咚"地直打鼓。

常在河边走，难免不湿鞋。类似的新闻，她也听过不少，常常有些不知情的人，好心帮人带东西，结果着了道儿，被人利用，成了夹带毒品、助纣为虐的替死鬼。何况她这是做生意，银货两讫。人说富贵险中求，明知危险，但利润大，常常告诉自己只要万般小心，就一定不会有差错。所有货物，除了自己亲手采买、未开封的东西她放心，帮别人带东西，她都一再确认、一再检查，核定无误才下单。

但即便万般小心，也难做到滴水不漏。那些毒品走私犯都是玩命之徒，什么阴招都使得出来。前不久她就在脸书上看到一则骇人听闻的新闻：一对年轻的父母，生孩子就是为了运毒。孩子生出来后，给孩子喂安眠药，将毒品塞在孩子体内。结果最后一次安眠药喂过量，导致孩子在飞机上不能自主呼吸，最终飞机迫降将孩子送往医院抢救，事情才败露。这一对恶魔般的父母自然受到了应有的惩罚，但可可看到这样的新闻，不免心惊肉跳，每次检查货物更加仔细，生怕被人算计。

因为有之前那些事件的阴影笼罩着，这通电话就令她格外敏感。

"怪不得今天眼皮一直跳！"她暗暗点点头，不由自主地将这些看似毫无关联的征兆全联系在了一块儿。

"打开箱子里的纸箱，看看里面第二排第三包奶粉，是不是有打开过的痕迹！"男子在电话里不紧不慢地命令可可。

可可急忙打开行李箱，纸箱里的第二排第三包奶粉，果然被拆开过！

"怎么可能？怎么可能！明明东西已经验过，都是我亲手装箱，怎么可能被人动了手脚！"可可仔细回忆所有过程，却怎么也没有头绪。大厅里不断播报着飞往各国的航班起飞或着陆的通告。可可眼看着登机时间马上到，她握着电话，额头上已渗出了密密的汗。也罢，宁可错失航班，损失机票钱，也不能铤而走险，置自己和妈妈于险境。

电话那头仿佛算准了她的心思，得意地笑起来："报警电话112，机场缉毒警察和缉毒警犬在随时待命，想报警随便。不过，可可小姐，如果不想我报警，又或者警犬闻着味儿找过来的话，奉劝你赶紧离开机场大厅。"

听他这么一说，吓得可可母女赶紧草草收拾行李大箱子，快步走出机场大厅，远远走到马路对面停车场的绿色草坪上才停下来，坐到旁边供人小憩的长条椅上。

"不要打开包装！十分钟后，右手边小森林见！迟到一分钟小心我报警！"男子不容分说，挂断了电话。

可可刚想说什么，听到手机里的忙音，恨得牙痒痒，真想一把将手机扔在地上。但忍了忍，她还是平静下来，只得再一次将行李整好，四处瞅了瞅，果然从右手边远远望去，有一片小森林。还好是白天。她和妈妈拖着箱子，既紧张又害怕，快步朝那边走去。

"刚才怎么说话的，懂不懂怜香惜玉？看把小姑娘吓得。"看着多宝挂上电话，这件事的主角、护理学毕业在医院做进阶护士的华裔青年赵瑞阳，打开烟盒，将刺在牙肉上的嚼烟扣下来，换了新的，斜睨了一眼这个狐假虎威的小跟班。

三年前，哥德堡成人业余进修大学人民大学曾经为那些准备申请大学，考托福、雅思的外国留学生办过两期英语预科班。本来是挺好的一个合作项目，谁知很多申请不上大学的留学生根本就不是来求学，只是以这个做跳板，拿到学生签申请过来后，一个个就销声匿迹，偷偷跑到欧盟其他国家黑下来，等大赦，拿签证。这个多宝就是其中之一，是个典型的财主家的儿子，钱多人傻，扶不起的阿斗，纵然父母有万贯家产，无奈自己不争气，高中毕业成绩一塌糊涂。

父母好不容易花几十万造了一套假学历、假成绩单，准备让儿子申请去美国留学，谁知刚好碰上美国各大学联合清算造假学历事件，多宝只得作罢，申请了瑞典的留学生预科，先出来，再看看后面的形势。

预科班上了还不到半学期，班里的同学跑了大半，学校连人都找不着，只得紧急关停，宣布此项目永远停办。多宝一看局势不对，在学校统计之前也赶紧黑了下来，碰巧认识了在此地已经定居多年的华裔青年赵瑞阳。赵瑞阳是同性恋，许诺可以帮他以同居的身份留下来，但条件是必须支付给他比平常假结婚高出一倍的费用。

多宝愣在了那里。

"舍不得花钱就回去喽！"赵瑞阳轻描淡写地说道，仔细地对着镜子描眼线。

"不是，哥，那啥，咱俩同居，这合适吗？"二十出头的多宝看着眼前这个颇具妩媚气质的清秀大哥，心理活动很丰富。以前在老家，好歹他也是葬爱家族杀马特少年，学校一霸，父母经常带他新马泰、东南亚到处跑，本以为见过世面了。谁知山外有山，人外有人，到了欧洲，到了瑞典，他才发现以前见的那些世面都是小儿科。首先第一天到达瑞典，看见手臂上刺着刺青的壮硕男子胸前绑个育儿带，袋鼠式抱娃，已经让他大开眼界，如今面前这个清秀大哥宣称可以和自己同居，他心里非常踌躇。钱可以交，但在性别取向上，他还惦记着家乡的老妹儿，拗不过弯，绝对受不了一个男人向自己表白。

"多宝，你想多了。我只是你名义上的男朋友，给你提供同居地址和身份。不要害怕，我有男朋友。"赵瑞阳描好眼线，来回端详，很满意。

看着化妆桌上的瓶瓶罐罐，多宝松了一口气。几天后，交了钱，和赵瑞阳签了同居合约。他瑞典语不懂，英语也不怎么样，事事都要仰仗对方，一年多下来，不知不觉，就成了赵瑞阳的跟班。赵瑞阳工作之余，还做一点倒腾房地产买卖的生意，一下班就带着他在广袤的乡下开着车到处跑，低价从行将搬到养老院居住的孤寡老人手里收购老房子，装修一番之后，再高价卖掉。

多宝跟在赵瑞阳身后想偷偷学艺，因此分外尽心。可可租到的码头仓库，就是赵瑞阳目标之一。本来势在必得的一块肥肉，却被一个黄毛丫头抢了去，赵瑞阳岂有拱手他人之理？他让多宝想办法弄到可可的人口号，查了查小丫头的底细——一清二白的一个留学生，做点代购和帮人带货的生意，这才让多宝伪装成委托方下单，故意在一包奶粉里混入几小包绿豆粉生粉，扬言是海洛因，吓唬吓唬小丫头，逼可可就范，让出码头仓库这块肥肉。

此时，两人戴着墨镜，坐在小森林腹地一片空地大石的背后。见可可母女走进来，观察她们身后并无其他人，两人走出来。

"不想让我报警的话就打开箱子。"多宝吩咐。

可可不情愿地打开箱子。

多宝抓拉几下，找出那包他动过手脚的奶粉，几下撕开，几个小袋从奶粉包里掉出来。多宝抓过几个小袋，扬在可可母女跟前，掂了掂："怎么说也有五十克了吧？怎么着，私了还是公了？"

"你们到底是谁？你们凭什么说这是海洛因？就算是，你们怎么知道的？谁又能证明不是你们放的？如果是你们存心害我，公了就公了，报警，看对谁不利。"可可虽然怕，不断抽泣，脑子却清醒，强装嘴硬。

"哎哟，说得好像是我们陷害你一样。外国人执法，讲究的是人证物证。东西是你的，报警就报警喽，我们顶多算个目击证人。"多宝斜眼看着她。

"没报警，是看在同胞的份上。不过呢，天下熙熙，皆为利来，天下攘攘，皆为利往。我自然不会白帮你，明说吧，把码头仓库让出来。这些白粉，我马上就倒在旁边溪水里，让它们消失得一干二净。你要不信我的话，赌一把呢，也可以。作为见证人，我陪你去把这几个小袋上交缉毒所，是不是白粉，缉毒警察们可不是吃素的，一查就水落石出，你就等着好戏吧！"赵瑞阳冷冷地看着母女俩。

可可妈平时蛮横，这时也没了主意，不断看女儿。

僵持了几分钟，可可还是被吓住了，不怕一万，就怕万一。她停止了哭泣，嘴硬道："搞了半天是为了码头仓库，刚好我也不稀罕，爱要拿去。"

"好嘞，爽快！"多宝闻言，急忙拿出准备好的仓库出让合同和纸笔，让她签字。合同一式两份，可可咬咬牙，签了字。看到合同里保人联系人栏，赵瑞阳的保人写着他瑞典养父母的名字和电话号码、家庭住址。可可想了想，填了严丽卿的姓名、电话号码和家庭住址。想了一圈，可可悲哀地发现在偌大的瑞典，她可依靠的人、能实心实意帮她的，竟只有严丽卿！

"严丽卿？"看到这个熟悉的名字，赵瑞阳愣了愣，他问可可："你认识严丽卿？"

"这是我的事，跟你没关系。"可可冷冷地回答。

"作为保人，我总得知道一点她的情况吧。"赵瑞阳恢复了冷静的微笑，他收好了合同，示意多宝销毁那些小袋。

多宝拿起那几个小袋，走到哗哗流淌的溪水边，看着可可母女说道："看着啊，君子一言，驷马难追！我赵哥可是说话算话的。"说罢，作势撕开几个袋子，将里面的绿豆粉尽数倒在了溪水里。

倒完绿豆粉，多宝蹲下身在溪水里洗干净手，双手边在衣服上蹭，边走过来说道："可可姐，看这次多危险，要不是遇到我们，后果简直不堪设想。这么说吧，你一个小姑娘，经常帮人带东西，难免不遭人算计，要不你交点保护费，我们负责你的货物安全，咋样？我赵哥可是堂堂医生，不带骗你的。"

"你还是医生？"可可吃惊地看着赵瑞阳，有点不敢相信。

赵瑞阳微微欠欠身，不置可否地笑笑，"福兮祸所伏，祸兮福所倚。

你今天虽然误了飞机，却逃过了一劫，未尝不是好事。这样吧，明天晚上若有时间，我请客，交个朋友。当然我并不勉强。"

赵瑞阳本来根本没把可可瞧在眼里，本打算码头仓库的合同到手就走人。可当看见严丽卿的名字，知道可可和严丽卿交好，他临时改变了主意，邀请可可吃饭，想探听更多一点关于严丽卿的情况。

开车送可可母女回到市区，拐回家的路上，不明就里的多宝忍不住问道："哥，你这是闹什么？为什么忽然对她那么好？看上这妹子了？"

"我看上你了行不？"到楼下，停好车，赵瑞阳不紧不慢来了一句。多宝赶紧闭了嘴。

17

阴 谋

圣　诞　夜
星　光　冷
寒　雪　明　不　灭

"看吧，宝贝，我们的房子不仅是一座房子，还是一座会呼吸的房子。我保证外面空气的清新度是多少，室内的清新度就是多少。"新租的房子位于顶层五楼，又在山顶，站在阳台望出去，美丽的波罗的海入海口大桥和约塔河一览无余，冬夏满意极了。她一直喜欢登高远望的感觉。

　　虽然瑞典人信奉基督教路德宗，但平日里去教堂的次数也屈指可数。如果不是一个虔诚的基督教徒，那么一生从出生受洗、举行婚礼到最后的葬礼，大概进教堂三次就足够了。艾娃的葬礼在她出生地的小教堂举办，之后长眠在教堂墓地。

　　办完艾娃的葬礼，克里斯汀娜还未成年，搬来和哥哥同住。政府了解她的状况，各种社会关系、生活补贴、牛奶金，也全部转到了监护人卡莱的名下。眼看着小小的公寓不够用，卡莱将以前艾娃申请的公寓及他和冬夏合租的公寓全退掉，顺利申请到一个又靠近市中心，又靠近森林公园马约纳区的两室一厅的公寓，租金也合理，克里斯汀娜、卡莱和冬夏都很满意。

　　冬夏已经辞去了咖啡馆的工作，三月的时候人民大学接待处招人，40% 的代课量，60% 的接待处工作，加起来刚好 100% 的工作量。冬夏瑞典语、英语都不差，完全符合这些条件。她很想得到这份工作，但一想到自己曾经递给人民大学的履历，明明是蹲监狱七年，自己当年虚报了履历，写了当狱警七年。在 CV 上撒谎一直是她的一个心结，她犹豫了好久，终于决定鼓起勇气，向主任说明情况并承认错误。至于人民大学是否还继续雇用她教课，以及给这个工作职位，抑或完全辞退她，无论什么样的结果，她都接受。

当下打定主意，在求职谈话中，她郑重地向主任道歉，并说明了当年犯下的这个错误。主任听后，湛蓝色的眼睛里流露出温暖和宽慰的光芒："林，我还是那句话，我们每个人都是从孩子长起，难免犯错，怕的是错而不改！你今天承认了这个错误，那么就表示这个错误已经被修正。态度决定一切！谢谢你来承认和纠正这个错误。"主任起身给冬夏续了杯咖啡，缓缓说道："林，虽然我不知道你过去的经历和为什么会去监狱，但我想说，生活就像日历，翻过去一页，就象征着那一页的结束，就要勇敢地朝前看，朝未来的日子看。"

冬夏坚定地点点头，看到主任像心目中的长辈般信任她、鼓励她，眼眶一热，眼泪差点流下来。

卡莱的工作是室内环境设计，一搬进新家，他首先将房子进行了一番简约又健康的装修处理。

"冬夏，谢谢你！如果没有遇见你，没有你鼓励我完成论文答辩，没有你从中调和我和妈妈及家人的关系，说不定现在我还在无所事事地混日子，一事无成。说起来，你的境界总是比我高上一筹，看事长远。"阳台上，卡莱看着冬夏，将她拥在怀中。

"鱼在大海鸟在天，所谓境界，也不过是各得其所。难道不是我更应该谢谢你吗？记得我第一次从人民大学讲课铩羽而归，本来万念俱灰，但在下船的码头上遇见你，你安慰我，把那个荧光小熊送给我，告诉我一次失败并没有什么大不了。虽然道理我都懂，但那时才从监狱出来不久的我，根本就害怕面对这个世界。"冬夏在卡莱怀中抬起头，看着他，看着这个在自己生命中像一束温暖阳光一样照进来的男孩。

"我们是彼此的阳光！"仿佛读懂了冬夏的心语，卡莱将她更紧地拥在怀里。

"冬夏，我想跟你商量一件事。"卡莱看着冬夏，小心翼翼地说。

"什么事？"冬夏捋捋被风吹起的长发，问他。

"你知道丽卿最近在中国吗？"

"对啊，帮她弟弟弟媳开咖啡馆。"冬夏回答。

"她前几天联系了我，提到了贝贝。"卡莱端着咖啡，背靠阳台栏杆。

"贝贝？"听到这个自己虽然几乎从不提起，但心心念念的名字，冬夏不由心头一紧，"她不是跟她爸爸一直在加拿大定居吗？怎么了？"她看着卡莱。自从出事后进监狱，家伟接走了贝贝，从那以后到现在，她就再也没见过贝贝。出狱后她也打听过家伟父女的消息，听说后来家伟邂逅了一个比自己大十几岁的加拿大华裔富婆，结婚后父女俩就移民加拿大，算下来，现在贝贝也已经是个十五岁的大姑娘了吧。

"听丽卿说，家伟根本就没有去加拿大，也没有什么加拿大富婆。喏，这是你母亲写来的信。请原谅我没有问你就让丽卿把我们的地址告诉了你母亲。"卡莱说着从书架上掏出一封信，递给冬夏。冬夏拆开信，母亲久违且熟悉的柔中带刚的字体映入眼帘，看见第一句"冬夏吾儿"，她眼眶一热，忍了忍情绪，往下看：

冬夏吾儿：

　　别来无恙？妈妈本来不打算打扰你清净的生活，你一直不理妈妈，妈妈也能理解，事有因果。今日求到你这里，皆因几日前遇见丽卿，打听到你的近况。

　　自咱们家接二连三地出事后，妈妈一病不起，在床上躺了大半年才勉强能下地走路。这几年，多亏你雇来的秋姐一直在身边照顾妈妈。她和你同在狱中待过，了解你，很能劝解我。妈妈谢谢你想得这么周全。

　　你因你姐姐的事和我生分，又有你爸爸这事，加上你脾气执拗，我一直不敢过问你的生活，只要你过得好就好。但得知你现在处的男朋友比你小六七岁，妈妈的心顿时放不下了。卡莱这个小伙子我见过，虽然浪荡一点，本质不错。但你要考虑到他比你小这么多，还是要慎重！女子本来就比男子易老，现在尚看不出差别，但到了将来，你年岁大了，他还年轻，难保不生变数。妈妈宁愿你现在失恋吃些苦头，也不愿将来被人抛弃，人生无周转余地。

　　贝贝一直跟在她爸爸身边。他爸爸忙生意，她自己过了些苦日子。难得这孩子懂事上进，马上要升高中了。以前我一直病着，不能照顾她。自从秋姐来后，贝贝搬来和我住，生活起居，秋姐也一应照顾，省了我和家伟不少心。

　　冬夏啊，有一句话，妈妈也是思量了很久，今日才问你：你可有想过和家伟过？这些年他做生意，人能干，咱家亏了他，他还能对咱家这么好，外面也没有过别的女人，虽然比你大十几岁，但人生安稳，将来一定不会负你。你想想看。

    我安好，你勿念。

妈妈　淑慧

"秋姐？"冬夏将信折好，看着远方，若有所思。根据母亲对秋姐行事作风的描述，冬夏猜到了七八分应该是大阿姐无疑。她感念地点点头。

卡莱刚想问她信里写些什么。冬夏手机响起，却是丽卿打来的国际长途，告诉她什么也别问，马上汇三十万到她账上，不要让安德士知道。

冬夏一听，预感到丽卿一定遇上了麻烦，当下再三询问，才知道丽卿不知怎的，和海归在酒店被人拍了裸照，现在被勒索，必须用一百万去赎那些照片。对方给丽卿一个星期的时间凑钱，不然，不但丽卿的老公、儿子会收到那些照片，照片还会被放到网上。

"冬夏，我现在该怎么办！我和海归真的没那事。这件事我被人算计了，现在情况很糟，照片在他们手里。关键现在是谁算计我我都不知道。冬夏，我现在心慌得很，要让安德士知道我就完了。我该怎么办？"电话里，说到最后，丽卿都带着哭腔了，"你一定要帮帮我啊！"

听丽卿这样说，冬夏毫无头绪，一面安抚丽卿情绪，一面慢慢问原委，闹了大半夜，才知道个事情大概：原来丽卿因为要帮扶弟弟、弟媳，在国内和海归商量开连锁咖啡馆的事。两人虽然互有好感却还不至于逾矩，结果两人的亲近被有心之人钻了空子。出事那天，白天两人为咖啡馆选址，合同谈拢，一时兴起，去酒吧喝到午夜，两人起身去舞池跳了一支舞，回来喝了剩下的半杯酒，就感觉不对了。一向酒量大的丽卿半杯酒下肚失去了知觉，醉得不省人事。两人怎么到酒店的都不知道，第二天醒来才知被人拍了不雅照。

"难道你就毫无察觉吗？当晚有没有出现可疑的人？会不会是那个海归布的局？"冬夏不可思议地问丽卿，觉得电影中出现的情节，竟然也会在现实生活中上演。

"海归不可能，这一点我打保票！冬夏，我真的是一点防范都没有，不过在晕晕乎乎中，不知听得真不真，我听他们提到可可的名字。所以才要你帮我在这边打听打听，是不是不小心得罪了谁。不过我一开心理诊所的，又没有生意对手，我能得罪谁啊！"丽卿痛心疾首。

"可可！"冬夏不由得提高了嗓门，她实在没想到这么诡异的事竟然和可可这么个纯情小丫头沾边，"你等着啊，天一亮我就去找她问问。"

果然，天一亮，电话都没打，冬夏就直接堵在了可可公寓楼门口。出来扔垃圾的可可看见冬夏裹紧风衣站在那里，冷冷地看着她，不由大吃一惊，叫道："冬夏姐，你怎么在这里？找我吗？"

"可可，丽卿姐在中国的事你知道么？"冬夏开门见山地问。

"丽卿姐？你是说她开咖啡馆的事？"可可看着她。

"还知道别的事吗？"冬夏追问。

"别的事？别的什么事？"可可被问得莫名其妙。

冬夏看她确实不知情，语气缓和下来，说道："哎呀，别提了。丽卿姐在国内跟人投资，赚了一大笔，好像是跟这边什么人合作的，这样赚钱的事情，她竟然一点儿也没透露给咱，太不够意思了。我就说过来问问你。"冬夏在监狱里待过七年，好的坏的本事都学过。丽卿一向待在瑞典，由于家里的关系，甚少回中国，所以冬夏分析这次事情，如果有人算计丽卿，也多半是瑞典这边的缘由，不知她不经意得罪了什么人，又听说那帮人有提到可可的名字，所以她故意这么说，边说边观察可可神色，想看看是否能诈出些什么。

果然，听到丽卿投资赚了钱，可可叫道："有了有了，你这么一说我就想起来了。一定是那个赵瑞阳，怪不得那天请我吃饭，拐弯抹角问了好多关于丽卿姐的事，我还奇怪呢，原来是要背着我们合伙和丽卿姐做生意。"

"赵瑞阳？他都问你关于丽卿姐的什么事了？"冬夏问。

"也没什么啊，就是丽卿姐的日常，哎冬夏姐，我是不是说错什么了？"可可见冬夏表情严肃，不禁担心地问道。

"知彼知己，百战不殆。傻丫头啊，你是说太多了。消息都被对方套了去，这生意还怎么做。再说了，他要想知道丽卿姐的事，他自己不会找丽卿姐问吗？以后说不定还牵扯到咱们公司的生意呢，这里面有诈。咱不是就上当了吗？那赵瑞阳到底怎么回事？怎么个来路？"

于是可可一五一十地讲了她和赵瑞阳认识的经过。

别了可可，冬夏一路走，找到一家咖啡馆坐下，按可可给的信息，查了赵瑞阳的所有资料。原来是一个进阶护士，和一个叫多宝的人同居，看起来人畜无害，平日里也从未听丽卿提起过这个人。看完资料，她打通了丽卿的国际长途，问她认不认识一个叫赵瑞阳的人。

"赵瑞阳！"听到这个名字，丽卿在电话那头失声惊叫起来。

"怎么，你认识？"冬夏疑惑地问。

"这么多年了，"丽卿沉吟着，"年龄应该在二十七八上下，他的养父母是不是一对瑞典人？"

冬夏急忙打开脸书，输入赵瑞阳的相关检索，出来一串跟检索有关的用户。冬夏往下翻，看见一个白白净净的华裔青年，左边额头上有块淡淡的疤痕，在家庭关系的照片里，果然有很多和一对瑞典老夫妇的合影。冬夏将这些特征讲给丽卿听。

"是了！就是他了！冬夏，你还记不记得几年前你跟我提起过的跳楼自杀的韩春燕？他就是韩春燕的儿子，额头上那块伤疤是当年他的酒鬼继父打的。"

"啊！韩春燕的儿子！"这个新闻惊得冬夏一口咖啡差点没喷出来。当年韩春燕出事，她还把这个当新闻讲给丽卿听，也听丽卿讲过和韩春燕的交往经过。这一来，就对上了，看来赵瑞阳将当年妈妈拒签自杀的怨恨一半也算在了丽卿头上，做局整丽卿。

"没想到这孩子现在还怀恨在心。可这么多年过去了，怎么现在想到跑来搞这一出呢！"丽卿不解。

冬夏不作声，继续翻看赵瑞阳的主页。她发现赵瑞阳虽然去年和教授的女儿玛格丽特订了婚，但看他的穿着打扮，冬夏感觉他有同性恋气质。"丽卿，你在那边先稳住，看看到底谁是幕后主使，说不定不是赵瑞阳，另有其人呢？不过这个赵瑞阳嫌疑最大，我需要三天时间摸摸他的底细。"

丽卿忽然在电话那头哭起来："冬夏，幸亏有你！谢谢你！"

冬夏很想抱抱她，她轻声道："这就是生活，哪有一帆风顺。我们是好朋友，有我在，不怕的。"

就在冬夏这边和丽卿忙成一团的时候，精明的可可也没闲着。早上看冬夏的神色，不像是赚钱的喜悦。她急忙打通多宝的电话，一问，才知道赵瑞阳已经请假回国了。

"出来吃饭吧，姐请你。"可可在电话里说。虽然第一次接触的时候被多宝吓着了，但再接触下来，她就觉得这多宝心思单纯，并没什么头脑，三言两语，就取得了他的信任。倒是那个文质彬彬的赵瑞阳，她见了心里有点怵怵的。

一顿饭下来，虽然多宝只管嘻嘻哈哈闭口不谈赵瑞阳的事，但可可也证实了自己的猜想，大致觉得不可能是什么赚钱的好事。她心里不由得有点生气，觉得就算有什么事，冬夏也不该拐着弯骗她。她将她们当好朋友，她们却将她当外人。她决定要好好盘盘多宝，一定要问出来丽卿和赵瑞阳这么鬼鬼祟祟，到底在国内搞什么名堂。

18

交 锋

破 晓

开 门

却 见 雪 尘 门 口 舞 盘 旋

飞机降落在西安咸阳机场。冬夏办完出关手续，取了行李走出来。一出机场，她就被浑浊的空气呛得咳嗽了好几声。但还是按捺不住心头的激动，东张西望，仿佛一切的景致都是那么熟悉又新鲜。自从出国，白驹过隙，一晃五年，还是第一次重回故土。

　　海归举了个牌子在出闸口帮丽卿来接冬夏。车上，冬夏掏出手机，翻出妈妈的号码，看着这熟悉的号码，她犹豫了半天，又把手机合上了。

　　"冬夏姐，现在怎么办？现在把柄在对方手里，只剩一天时间了。要说这钱，凑凑也能拿得出来，关键被人做局，这口气实在难咽。而且有了第一次，就有第二次，这次给了钱，难保不被缠上。"海归双手握着方向盘，忧心忡忡。

　　"对方是什么人，难道你就一点儿也没预感？丽卿姐很少回国，和国内也没有什么生意往来，平白无故被人做局，是不是你那边无意中得罪了什么人？"冬夏怀疑地看着他。

　　"冬夏姐，你在怀疑我吗？刚开始我还怀疑是不是丽卿姐呢，但想一想也不对。就算做局，她也用不着自己脱光牺牲这么大，我这边同理。这几天我查了查身边生意场上有嫌疑的人，并没什么问题。"海归眼看着前方，语气中有了明显地不满。

冬夏沉吟着，说道："这样就好，事情问问清楚总没有坏处。拍照那个酒店的人，你有认识的吗？"

"没和那个酒店打过交道，不过我有朋友，可以帮忙打听。怎么了？"海归看看冬夏。

"我有主意了。事情很简单，只是你们紧急关头一时没有想到。对方迟早也会想到这一点，所以我们要抢在对方前面拿到证据。现在你的任务就是设法和那个酒店管事的人联系上。"冬夏看着两边一闪而过的树木和远处满目疮痍中新建的幢幢大楼，沉稳地说。

海归看看她，本想问点什么，但看到冬夏严肃且胸有成竹的样子，只好点点头："没问题。这点关系我还是能搭得上的。"

车开到市里丽卿下榻的酒店，海归告辞。一见冬夏，丽卿仿佛亲人久别重逢，忍不住一把紧紧抱住她，眼泪差点流下来。待坐定，丽卿问："你的连体人呢？形影不离的，这次怎么没跟着来？"

"卡莱？事情这么紧急，他又是外国人，来了目标太明显，再说又要申请签证，又要请假，等这些弄下来再飞过来，黄花菜都凉了。"冬夏拧开瓶盖，喝一口水，"来的飞机上，我把事情和赵瑞阳的动机捋了捋，听可可说，他最近也在中国，如果要说是他干的，这件事的动机还不明显吗？就是对你怀恨在心，伺机报复，顺便再捞一把。一百万不是一笔小数目，但他算准了你拿得出来，而且也不会赔上现在的生活去赌。所以丽卿，咱们就赌一把，硬碰硬！"

"硬碰硬？"丽卿惊愕地看着她。

"对，只有硬碰硬，才能还你清白。不然这么不明不白被他算计，算什么？说不得这个把柄一直在他手上，以后都是定时炸弹。你要知道有时候欲盖弥彰反而适得其反，何况这次事件你才是受害者，怎么反而反过来怕他呢？”

"是赵瑞阳，他已经跟我联系过了。"丽卿忧心忡忡地看着楼下城市里的车水马龙，"我是怕安德士和孩子们知道这事，就算我是清白的，毕竟不光彩。说不定离婚什么都有可能。"

"被人诬陷，澄清了，有什么不光彩？瞒而不报，没什么都变得有什么了，安德士既然是你的丈夫，就应该相信你说的话。这么藏着掖着，以后被翻出来，那才会出真正的大问题。"冬夏看着她。

看着冬夏清澈坚定的眼神，丽卿咬咬牙："哎，你是不知道那些照片有多不堪，我恨死这个姓赵的了。这些照片我打死也不会让安德士和孩子们看见的。行，听你的。澄清是必须的。否则说不定真的会后患无穷。"

"好，你现在假意答应。一会儿我们就去律师楼联系一位私人律师。咱们将计就计。"冬夏看看丽卿。

明处的丽卿不好过，躲在暗处的赵瑞阳也不好过。

赵瑞阳料定丽卿不敢报警，报了警，她的一切都完了，用一百万赌人生幸福，严丽卿还不至于蠢到这个程度，但也怕万一。他玩味着这些照片，暗暗冷笑："严丽卿，当年你怎么对我们母子的，现在你就等着瞧吧。即便你拿了一百万，这事儿也没完，"

他密切地注视着事态的发展，让几个拿钱买通的小混混不时对丽卿进行电话短信骚扰，击溃她的心理防线。看来这一招真有用，丽卿在期限的最后一天终于松了口，同意用一百万赎那些照片。

"丽卿小姐，善意提醒：一百万人民币可是一百三十五万六千五百克朗哦！现在外汇管制这么严，我要的是克朗。看在我们合作愉快的份上，我就送你个人情，零头不算，一百三十五万克朗汇到我账户上，我立刻给您奉上所有照片，并当着您的面，删掉所有底片。"赵瑞阳微微笑着。

"好，你不仅要删掉和交还所有照片，还要签下协议，保证永不再提此事。一百三十五万克朗我会全存到卡上给你。"丽卿在电话里要赵瑞阳保证。

"行，没问题！一切遵照您的吩咐！"赵瑞阳哈哈大笑起来。

七宝茶楼的风雅在全市也是排得上名的，一来环境清雅深邃，曲径通幽；二来老板常在江湖走，大风大浪见得多了，嘴巴严实，客人们来吃茶，连礼茶小姐都极懂得分寸，奉茶进礼，适宜得当，从不多事多语。冬夏喜欢他家的藕粉桂花羹，大学时常拉了丽卿来吃。地点定在七宝茶楼，是赵瑞阳的主意，却正中冬夏和丽卿下怀。

约定时间，两人在银行柜台机验了卡，赵瑞阳看见卡里面钱数，满意地笑了。他们仿佛一对老朋友，走进茶楼，到预订的包间坐下。

"丽卿姐，哦不，您跟家母曾经是好朋友，应该是丽卿阿姨才对。丽卿阿姨，别来无恙啊？"

"阿姨很好，谢谢挂念！"丽卿假意笑笑，表面平静，内心却犹如深海涛涌。她怎能想到，当年这个自己曾经给辅导过功课的小小少年，现在竟长成了一头狼。

茶过三巡，礼茶小姐退下。丽卿将卡掏出来捏在手里，笑而不语，看着赵瑞阳。

赵瑞阳笑了笑，从包里掏出一个鼓鼓的信封，递给丽卿。又掏出相机，当着她面删掉了所有相片。然后手伸在丽卿面前，看着她。

看着他做完这一切，丽卿并没有将卡给他，而是装在包里，手捂在包上，笑眯眯地看着他。

"你！"看见丽卿这样，赵瑞阳有点意外，吃惊地看着她。严丽卿看到三个小混混走进来，坐到不远处的茶座上，也不叫茶，只管朝这边张望。

"不急，阿姨还有几句话要问你。给也要给得明明白白不是？按刑法，勒索两千元都够得上判刑，何况是一百万。"丽卿兀自点茶，抿了一口。

"勒索这话可不好讲，无凭无据。我不过是碰巧得了这些照片，奇货可居，卖个高价而已。嫌贵，您也可以不买。"赵瑞阳也兀自点了茶，喝了一口。面对丽卿，他还是有些忌惮，面前这位，可不比可可那只小绵羊，吓一吓，立刻乖乖就范。这位是大风浪里闯过来的，须谨慎对待。

"钱，我可以给，但总得给个明白吧？我就想知道，那天晚上，是不是你和那边三个小混混在我和海归的酒杯里动了手脚，之后将我们弄到酒店拍了不雅照？"丽卿看了看那三个小混混，问赵瑞阳。

"姐，咱们都是聪明人，按逻辑来说，错误的问题通常都无解。我说照片是大街上捡来的您信吗？"赵瑞阳拈起一块精巧的茶点，放进嘴里。

"好吧，那我问你，你为什么这么做？为什么要趁机勒索？"严丽卿严肃地看着他。

"为什么？！"赵瑞阳惊奇地看着严丽卿，仿佛觉得她的话十分滑稽可笑，"就为你当年报警，害得我妈妈拿不到签证自杀，害我被送到一个陌生人的家里，孤苦伶仃地长大，毁了我整个人生。这还不够？

严丽卿我告诉你，一命抵一命，如今我要你一百万换我妈妈一条命，一点儿也不过分。凭什么你坐拥几百万的别墅幸福生活，我就得家破人亡！"提起死去的妈妈，赵瑞阳的情绪变得十分激动。

"这世上有一类人，永远没有承担责任的勇气和魄力，永远会把自己的不幸一股脑儿算到别人头上。赵瑞阳，这类人说的就是你！你知不知道有一句话，叫性格决定命运？好，你既然叫我阿姨，我今天就用阿姨的身份教训你几句：做人要知恩图报！你讲不讲道理？你简直是个混账，白眼狼！当初我那么帮你们母子，你妈死活要和我结拜姐妹，你都忘记了吗？你妈妈那是可怜之人必有可恨之处！当初明明可以走正道，为什么给她介绍的政府打扫清洁工作她不去？还有你，你妈妈被酒鬼欺负，你却跑去给别人做养子。我问你，那天你妈妈冒雨从精神病院偷跑出来领你走，你为什么不跟她走？赵瑞阳，一桩桩，一件件，你父亲辜负了你们母子，你只知怨恨，酒鬼欺负你们母子，你胆小怯懦地忍着。这么多年，我以为你混出个人样来了，没想到还是个下三滥的小鬼头。你有本事，为什么不找他们去算账？却处心积虑来算计我？"

"啪！"一记响亮的巴掌打在丽卿脸上。没跟妈妈走这件事说到了赵瑞阳的死穴，这么多年来，他一直悔恨自己当年的懦弱和自私。哀莫大于心死，要不是自己的背弃，妈妈也不会走到那一步。每次一想起来，他对自己的恨意就更深一层，如今这个隐秘的痛点被严丽卿无情地揭穿，他情绪失控地指着丽卿叫道："你，你是什么东西？你敢说我妈！"

"啪！"一记响亮的耳光还了回去，"小兔崽子，赵瑞阳，你这么大个人，善恶不辨，是非不分，今天阿姨就教训教训你，我看你的良知是全被狗吃了。"

看见这情景，三个小混混冲上来，不由分说就要对丽卿动手。

"谁敢！"关键时刻，一直事先坐在隔壁包间的冬夏、海归和聘请来的私人事务所徐律师，以及冬夏在牢里结识的忘年交——太极一百零八代传人大阿姐，挡在了几个小混混前面。大阿姐虽然已经年近六十，但基本功常年练着，身手敏捷，一把将领头的小混混胳膊反拧在背后，让他来了个单膝下跪，疼得小混混"哎呀哎呀"直叫。

"啊，一点小误会，大家都请坐吧！"冬夏对赶来的服务员和众人说。示意大阿姐放了小混混。

众人坐下。冬夏对徐律师道："说吧！"

私人律师朝大家欠了欠身，取出律师执照一一给大家过目，然后打开文件夹，对赵瑞阳说道："赵先生，您刚才和严小姐的谈话，我已经逐字逐句记录在案，作为二位将来有可能法庭上的呈堂证供，同时也录了音。"

"哈哈哈，严丽卿，弄这套把戏来诓我？岂不知都是爷我玩剩下的。你要玩，爷陪你玩。就算这件事弄上法庭，卡还在你手里，钱没到手，构不成勒索诈骗罪。拍照？谁亲眼看见了？谁承认了？照片真抖搂出来，到时大家可别太难看。到时候，严丽卿，说真的，我还真想看看你丈夫和孩子们见到照片的反应。"赵瑞阳理一理头发和衣服，收敛了刚才激动的情绪，恢复了理智，坐下来。

严丽卿被他的无耻气得哆嗦，冬夏暗暗捏了捏她的手臂，看着赵瑞阳一字一顿地道："问得很好！空口无凭，我就给你看真凭实据。徐律师，赵先生刚才问谁亲眼看见了。那你就给他看看谁亲眼看见了。"

徐律师闻言，从公文包里掏出一台手提电脑，打开文件，是两段录像。一段是酒吧里，赵瑞阳趁丽卿、海归二人起身离席跳舞，在两人杯中下药的监控片段；一段是酒店电梯和走廊里，赵瑞阳和三个混混架着状似醉酒的丽卿和海归进酒店和房间的监控片段。

原来那天一下飞机回市区的路上，冬夏就让海归事不宜迟，立刻找关系想办法调出酒吧和酒店的监控录像。之后见了丽卿商定以后，又重金聘请来私人律师事务所律师。律师到场，一来可以起震慑作用，二来即便将来报警，闹上法庭，律师的卷宗对她们也是极为有利的。

布置完成，冬夏让丽卿假意答应赵瑞阳的要求，约他见面。她和海归、徐律师早早到旁边包间坐定。为了以防万一，她还邀请了大阿姐一同前往。

三个混混一看自己在录像里，急忙撇清关系："这不关我们事啊，是他给了我们钱，雇我们把人架进去我们就走了，我们可啥也没干啊。"

"到时你们可愿意作证？"大阿姐问。

"愿意愿意！"三个小混混忙不迭地回答。

看见监控录像和眼前的众人，赵瑞阳脸变得煞白，他抬头看看对手，知道今天这步棋自己走输了。

"赵先生，非常对不起，虽然受害者严丽卿小姐愿意作为民事纠纷私了，但我们依然要备案，以作为今后提供给警方可能嫌疑人之案底。这份私了协议，签了名，就意味着这件事已了结。今后不得再拿这批照片和底版胁迫受害人，或在任何网络、媒体恶意传播。签字后，这两段录像和今天的一切证据也将无限期封存。现在请您仔细阅读协议，自愿签字。"说罢，律师将协议书递给了赵瑞阳。

茶馆

赵瑞阳快速看了一遍，签了字。带着三个小混混，临走前对着丽卿说道："山不转水转，咱们走着瞧。"

"等等。"大阿姐走上前，不容分说，对着赵瑞阳的脸，左右开弓就是两巴掌，"小子你给我记住了，打女人的男人都是孬种、怂货！一巴掌，还给你，另一巴掌，替你爹妈教训你！"

赵瑞阳捂着脸，怒目圆睁，恨恨离去。

看着一行人离去，大家松了一口气。

"大阿姐，谢谢你替我还回来。"冬夏感激地抱抱大阿姐。

丽卿也对她的豪气大加赞赏："咦，您就是传说中的大阿姐啊！冬夏这么多年可没少提您，说您是太极一百零八代传人。今天果然是百闻不如一见。"

"咳，虽然是太极世家，但我爹那是封建思想，传男不传女，我当年也只是童子功练了个皮毛，我爹叫我练来强身护体罢了。"大阿姐人精精瘦瘦，却眼神如豆，双目含星。

她当年入狱，也是因为自己没读过什么书，仰慕读书人，嫁了个小学教书老师。却没想这老师看起来文质彬彬、忠孝仁义，内里却是个恶性子，经常被乡下的恶老娘撺掇着收拾老婆。

大阿姐说来也命苦，一连怀了三胎，B超验出来都是女胎，被婆婆强行找来土方子打掉。怀第四个时，大阿姐死活不肯再验胎打胎，婆婆扬言若再是女胎，生出来必填进火炕里活活烧死，好叫那些女孩儿们的魂魄都知道这家不是好惹的，以后投胎避开了走。

生产那天，恶婆婆果然烧旺了炕，用钱打点好了接生婆子。大阿姐看到这些，悄悄揣了剪刀在枕头底下。结果孩子生下来，是个粉嫩的小女孩儿。婆婆抢过哇哇哭的婴儿就要往炕里塞，大阿姐操起剪刀就起身抢孩子，打斗中刺伤了婆婆。老师见媳妇为婴儿敢刺伤老娘，一把举起婴儿掼在了地上。失去理智的大阿姐一剪刀上去结果了老师的性命，一不做二不休，也一并结果了恶婆婆的命。

虽然一连伤了两条性命，但镇上人知道前因后果，无不可怜大阿姐，开庭那天联名为她上书求情。判刑结果，虽然大阿姐情节严重，但事出有因，恶婆婆和老师性质恶劣在先。最后大阿姐被判了无期徒刑，冬夏认识她的时候，她已经在牢里度过漫漫十六年。

要不是冬夏的到来激发了大阿姐对外面自由生活的向往，恐怕在温水煮青蛙的漫漫牢狱生活里，她终会消磨完全部意志，直至生命枯萎。所以大阿姐对冬夏有着无限的眷爱。她在狱中听完了冬夏和她姐姐春所有的故事，觉得这个女娃也是个可怜孩子，不由得把对自己那几个甚至没有机会出生的女儿的深沉的爱，全部倾注在了冬夏身上。

她知道冬夏和她妈妈之间的隔阂，前两年出狱，按照冬夏以前和她谈起过的家庭地址，找到了冬夏的妈妈，称自己是冬夏以前狱中结识的朋友，现在出狱了，由冬夏雇来照顾她的生活起居。工钱冬夏已出，请她不必顾虑，只管一日三餐和一张床即可。大阿姐的到来，使冬夏母亲一潭死水的生活也泛起了涟漪。

"原来，原来她还是顾着我的，她还是认我的。"知道女儿放心不下独居的自己，为自己雇来了保姆。淑慧泪眼婆娑，孤寂的心得到了极大的安慰。

"老姐姐，冬夏怎能不顾您呢！在狱里，她经常念叨您，念叨您对她的好。小时候她喜欢画画，您不是还给她买了全套的《芥子园画谱》

吗？对她爸爸的事，她心里也一直很内疚。这孩子，心思细，就是表面好强，尤其至亲至爱，错了只把错埋在心头折磨自己，不肯说出来。其实心里，她爱着您呢。这是母女天性。"大阿姐春风化雨般地安慰着冬夏妈妈。

冬夏妈妈看着她，发现这位女儿雇来的保姆，不仅做起活来麻利干练，甚至比自己还了解自己的女儿，不由得对她刮目相看了。

事情既已处理完毕，冬夏挽留徐律师吃过茶再走。徐律师是资深律师，见过不少奇奇怪怪、大大小小的案例，早已见怪不怪，凡事本着专业的态度解决，见事情办完，便告辞离去，并不多留。

"咱不惹事，可事来了咱也不怕事。"送走徐律师，冬夏、丽卿、海归和大阿姐重新落座，要了茶及茶点，准备为顺利解决完这件事情好好庆祝一下。虽然平白无故来这么一遭，请律师、海归跑关系也花了些钱，但相比一百万，简直不值一提，更何况事情得以圆满解决，冬夏和丽卿同时松了一口气，都感到很满意。

"冬夏，对不住啊，没问你，就自个儿推荐去给自个儿找工作，给你妈妈当保姆，你可不怨我吧？"大阿姐轻轻按摩着冬夏的后背，她知道冬夏有久坐腰疼的毛病。

"怨！怨死了！你对别人这么好，怎么不对我好一点呢！我天天想和你在一起呢。"冬夏拈起一块大阿姐爱吃的绿豆糕，送进她嘴里。

大阿姐哈哈笑起来，亲昵地点点冬夏的额头："傻孩子，就是对你好，才要越发对你妈妈好啊！这世间事啊，看破不说破，母女才有得做。"大阿姐虽然和冬夏一别多年，但看见冬夏一点没把自己当外人，照样像从前扭股糖一般粘在她怀里撒泼耍赖，心下欢喜。假若冬夏对她客气起来，她才要心酸呢。

"大阿姐，说真的，我要谢谢你，帮我做了我不想做也不愿做，但不得不做的事。"冬夏说着，起身掏出一只珠宝首饰盒，打开，是一只红绳儿的翡翠弥勒。她知道大阿姐小时候，祖母曾给过她一尊弥勒佛翡翠吊坠。大阿姐很是喜欢，视其为护身符，日日佩戴，从不离身。后来发生命案，脖子上的弥勒竟不知何时破碎。大家都纷纷说弥勒是为大阿姐挡了灾，才没有被判死刑，免去性命劫难，但大阿姐也永远失去了她的翡翠弥勒。

看着翡翠弥勒，一向要强的大阿姐眼睛一热，动情地将冬夏搂在怀里。

"你们知道为啥弥勒佛常笑而肚子又那么大吗？"冬夏帮大阿姐戴好弥勒吊坠，问在座各位，又像在问自己。

她自问自答："这弥勒常笑，笑天下可笑之人；弥勒肚大，容天下难容之事。"

正说着，只听到外面礼茶小姐用英语待客，接着便传来熟悉的卡莱的中文，冬夏急忙一探身，就看见卡莱和安德士风尘仆仆地一人背着一个行囊，站在门口。冬夏和丽卿急忙迎上去，将二人接到茶座。

坐定问起来，才知道是可可在多宝那里打听到丽卿和冬夏遇上麻烦，关系到什么照片受人勒索胁迫的事，急忙告知安德士和卡莱。听说妻子和女友在国内受到勒索胁迫，这还了得，两人急忙打电话，却怎么也打不通。一着急，安德士和卡莱立刻办了加急签证连夜订了机票赶来。又顺着可可从多宝那里打听到的地址，直接赶到七宝茶楼。

丽卿没料到安德士来得这么快，原以为他们会在酒店等，没想到他们竟直接来到了这里。她急忙收了那个来不及处理的装照片的信封，藏在身后，说道："可可都说些什么啊，没什么大事啦！"

安德士和卡莱急忙问怎么电话打不通，冬夏说道："别提了，难道不知道还有个时间差吗？那天走得急，我俩的手机充电，都忘在了正在装修的咖啡店里。等我们发现你们打来的一百八十通电话，你们已经在飞机上了。"

看见妻子和女友没出什么事，两人的心放下来。谈话间，安德士见妻子支支吾吾，反而疑心起来，坚持要看那些照片。

丽卿道："安德士，你信我，你就不要看。"

安德士道："丽，到底是些什么照片？你信我，就给我看。我们是夫妻，难道我们之间还有什么需要隐瞒的秘密吗？"

见此情景，一向机灵的冬夏也不知如何是好。她看看卡莱，但是卡莱也显然不知该怎么办，站在外国人思维的立场上，他显然赞同安德士的观点。

安德士看见藏在丽卿身后的信封，他一侧身，拿过那个信封，刚要打开。丽卿失控地叫起来："不要打开！你要是打开，我回去就从楼上跳下去！"

安德士的手停住了，他看着妻子，"还有什么比夫妻间的信任更重要吗？对了，这么严重的事，你们为什么不报警？丽卿，你到底背着我在做什么？你有什么事隐瞒着我吗？"

丽卿顿了顿，做了个深呼吸："要么看照片，要么离婚。你选一样吧。"

安德士顿一顿，苦笑了一下，点点头，将照片推给丽卿："好吧，如果照片代表你想要隐瞒的秘密的话，我尊重你的决定。既然夫妻之间不能坦然面对，失去信任的婚姻，我选择放弃。"安德士说着，站起来，背好行囊，临走，他又问丽卿："还有一次机会，你真的想好了吗？"

"离婚吧。"丽卿双手握成拳头放在桌子上，头也不抬，低低地说。

安德士看见丽卿决绝的表情，迟疑了一下，还是一转身，走出了茶楼。

"不是，这，"看见剧情大逆转，大家都不知所措，"好好的，怎么就突然离婚啦？"冬夏看着丽卿。

"不好，一点儿也不好。离婚的念头，不是今天才起，不过是等待已久的另一只靴子，今天落了地。"丽卿喝了口茶，平静地说道。

19
斗 智

灯 笼 露 微 光

雪 花 从 微 光 里

飘 进 黑 暗

丽卿与赵瑞阳这场恶战，用冬夏的话来说，简直是杀敌一千，自损八百。丽卿经历这一遭，回到家里，本想听母亲两句安慰，谁知母亲听说她离婚了，连忙迫不及待地问："离婚了？那你以后生活费谁出？钱呢？房呢？怎么分？"

　　丽卿心登时凉了，没好气地说："我啥时靠他养过？就知道钱钱钱，行了行了不说了，这是我的家事，你不用问了。"

　　母亲一听，直着嗓子，指着丽卿嚷道："你的家事？你从我的肚子里爬出来，吃我的穿我的，我一路把你供到大学毕业，供到国外不愁吃不愁穿，你身上头发眼睛鼻子嘴巴大拇指，哪块骨肉不是我给你的？哦，现在有钱有能耐就不认你老娘了？还你的家事。按中国传统，离婚了，闺女就是娘家的人了，你这么有能耐，就应该把钱全拿回来，拉扯一把你弟弟和侄儿。"

　　丽卿妈妈就是人们俗话里说的"人是个好人"，奈何见识浅薄又极度有控制欲，在外人和老公、儿子跟前是个软性子，四下讨好，唯独在女儿面前是个窝里横。小时候只要丽卿对她的话稍有反抗，丽卿妈妈扑上去就是一顿劈头盖脸的抽打。对儿子，却是处处赔笑脸，唯恐哪句话不对，惹儿子生气。所以她一向横惯了，就算平时有求于丽卿，说话都是横着来。

丽卿知道妈妈的脾气，所以前段婚姻一结束，拼死也要逃得远远的，一口气跑到国外，图个安宁。她给弟弟置办咖啡馆，让弟弟弟媳先不要声张，本打算等所有一切弄完，开业那天请妈妈到场，给她个惊喜。现在见此情景，她也灰了心，懒得跟妈妈争，摆了摆手，进屋打点行李就要出发。不知内情的妈妈知道她这一去，又不知猴年马月才能见到，赶紧一把拉住她道："想走？说清楚，这个家以后你还管不管？不管也可以，你多高，一百元一沓的票子码多高给我，我就让你走。走了以后再别回来，我以后再没你这个白眼狼女儿。"

丽卿闭了闭眼睛，拿定主意，转身对妈妈说道："好，就这么办。"

本来丽卿妈是一句气话，没想到第二天女儿真的从银行取了百元大钞的现金，装在蛇皮袋里，请海归帮忙拉了过来，进门扔下袋子，一声不吭走了。

丽卿妈妈一看女儿来真的，一面打开蛇皮袋摩挲票面，一面坐在地上扯开嗓子号啕大哭，大骂丽卿不孝。

目睹这一切，儿媳妇只装没看见，躲在里面化好妆，从卧室出来，把孩子往婆婆跟前一放，径直往外走。经过这些年城市生活的熏陶，媳妇再也不是当年那个任婆婆欺负的乡下妹子了。虽然表面上对婆婆恭敬，心里却自己拿着主意。

以前她虽然对丈夫不满意，但好歹嫁到了大城市里，平时再偷摸攒点私房钱，偷偷瞒着夫家给娘家。婆婆说话难听，她只当耳旁风就行，这日子要说还是能过的。好死不死，打开春知道村里自己以前的初恋，如今随着包工队来市里搞建筑，自从第一次在建筑工地两人重新联系上，约会了几次，儿媳妇的心里就泛起了朵朵涟漪，已经不能再平静了。

今天看到大姑和婆婆闹，她一声不吭，躲在房里化好妆，一挨大姑走，就赶紧溜出门去找初恋。丽卿帮她和丈夫开的连锁咖啡屋，丈夫上班，由她看店，倒成了和初恋两人约会的好去处。

回到瑞典，冬夏劝丽卿先关闭心理诊所一两年，帮人先帮己，劝她先静一静，再看看后面的路怎么走。丽卿想想有道理，关了心理诊所。

两人离婚，孩子跟谁是重点。本来说好一人一周，结果孩子们都要跟爸爸。没办法，看在孩子们和爸爸多年感情的份上，丽卿只好自己搬出来，把整个房子超低价租给安德士住。孩子这事儿让丽卿郁闷了好久，平日里饮食起居她为一家人操碎了心，结果没一个人念她的好。

"你是她们的妈，却成天干着保姆的活，那安德士就不一样了啊。和孩子们说说笑笑，和颜悦色，时不时还搞回来一些VR①什么的新鲜玩意儿让孩子们紧跟时尚步伐。你呢？为家庭奉献了一切还不落好，有时忍不住发发脾气，还给孩子们留下妈妈爱吵吵的印象。家是一家子人的事，不是一个人的事。所以我绝对支持你搬出来住，不为别的，只为你得先是你自己，然后才是人家的老婆，孩子们的妈妈。"

听了冬夏的话，丽卿点点头："你说的这些我太有体会了，婚姻里，杀死人的不是什么大事，使人慢慢不可逆转地绝望的，是那些一次次鸡毛蒜皮的小事，所以你现在也知道了吧，我离婚不是一时冲动。"

冬夏点点头。

---

① 英语 Virtual Reality 的缩写，简称虚拟技术，也称虚拟环境，即利用电脑模拟产生一个三维空间的虚拟世界，使用者戴上和电脑或手机连接的 VR 眼镜之后，操作里面的画面或游戏，便有如身临其境之感。

在包罗万象的二手交易网站 blocket.se[①] 上，丽卿找到一个三十多平方米，一室一厅，却位置蛮好的顶楼小公寓，按极简风格装饰。搬家那天，孩子们都来帮忙。她买了一张大大的床垫，铺了防潮垫，直接放在地板上，安顿下来。小阁楼没有阳台，却有两面大大的斜顶天窗，晚上睡觉，拉开百叶窗，还能看到夜空。冬夏到她这里来住过一次，刚好下雨，两人躺在床垫上，看雨点噼里啪啦打在天窗玻璃上，冬夏立刻爱上了这个有天窗的阁楼公寓，成了小屋的常客。

丽卿和安德士虽然协议离婚，但牵扯到三个孩子，按照法律，还有十二个月的夫妻互相调解。诊所关了，丽卿去哥德堡大学申请了两个跟心理学有关的理疗课程，一来可以申请助学金，二来也让自己静一静，理一理以后的人生脉络。开学还有一段时间，她趁机飞了一趟匈牙利的布达佩斯。东欧的城市里，一个布达佩斯，一个布拉格，以前和安德士商量一起去，结果计划了好几次都不能成行，现在终于可以自由行了。

旅行回来，一打开收件箱，丽卿就源源不断地接到一大堆账单——水电费，个人税单，杂七杂八。她这才发现，账单竟然还有这么多五花八门的内容。结婚这么多年，自己没有付过一次账单，平日里，这些事情全都是安德士一手打理。握着这些账单，丽卿对过去的生活，有了一点新的认识。

丽卿忙着离婚忙着搬家，冬夏趁空找着了可可，问她将丽卿在中国的事告诉安德士是什么意思？可可委屈地说道："我哪儿知道是这么一

———————
① 瑞典最大的网络二手交易网站。大到房屋出租、宠物买卖，小到居家用品，二手服饰，人们只要注册成为其会员，交纳一定的费用，都可在上面直接联系买卖双方，进行自由交易。

回事啊！你们也没告诉我，我要是知道照片里是那种事，我打死也不会说的。"

"你怎么知道照片里是哪种事？"冬夏不客气地盯着她。通过和可可的接触，冬夏慢慢觉得这个女孩非常不简单，处处留心眼，事事争强，冬夏自己是散漫主义的性格，十分不喜欢可可这种处处较劲的人。有时看着可可骨碌碌转得太过灵活的眼睛，冬夏已经泛出淡淡的反感，十分想不通当初是怎么同意她加入公司成为合伙人的。

说话间，好久没联系的半夏打来电话，竟然是她和阿呆教授弗洛克的订婚仪式邀请。

"这么快啊，都要订婚了！"冬夏吃惊地掐指一算，可不是，两人在一起差不多快一年了。

订婚仪式在半夏养父母家举办，烧烤派对。来的人除了养父母，只有冬夏和卡莱、丽卿和安德士，丽卿十六岁的女儿少少，以及丽卿和安德士的两个儿子。见了安德士，除了胡子有些拉碴，看不出什么异样。丽卿问他生活可好，安德士回答一切都挺好。自打和丽卿结婚，他戒了周末和朋友们去酒吧喝一杯的习惯，现在单身，又恢复了这个习惯，感觉挺好。气得丽卿一跺脚转身离开，再也不想理他。

订婚仪式上，冬夏和丽卿才知道原来阿呆教授和半夏是"奉子订婚"——半夏已经怀孕小两个月。

"B超做了吗？小宝宝是男孩还是女孩？"冬夏没生过孩子，因此热心地问。

"没，医生说要到三个月。"半夏手轻轻按在尚平平坦坦的肚子上，满脸幸福，"唉，对了冬夏，你和卡莱也该计划啦，虽然说我比你大两岁，可你也不小了，生孩子这样的事，总归宜早不宜迟。"

"啊！"冬夏看看远处一边聊天、一边端着红酒杯负责烧烤的三个男人，安德士和阿呆教授都是胡渣造型，成熟男人的味道。唯有卡莱，看起来依然是大男孩气质。和卡莱在一起这么久，跟他一起要孩子，自己还从来没有想过。

她换了个话题，说起可可。

"对于可可，你想帮助她还是放弃她？"半夏这样问她。

"什么意思？"冬夏不解地反问。

"其实和教授在一起，也让我成熟很多。以前我想事做事都比较偏执，总是觉得自己说错做错别人会取笑我，但现在就能坦然地面对这些。生活是自己的，我们又何必因为扮演了别人眼中的完人，而忽略了自己的人生？这是你以前劝过我的。好的情感不管是爱情还是友情，都是互相促进，让自己和对方变得更好。可可也一样，如果我们还认同她是我们的朋友，就应该帮她改正，让她不要再犯，而不是单纯地将她从公司除名。"半夏看着冬夏，"再怎么说，她只是一个小姑娘，为了生存，多一点心机而已，我们知道她这个缺点，以后小心就是了。"

冬夏觉得半夏即将为人母，说话也多了许多慈悲，她点点头："总之人不犯我我不犯人，大家谁不是为了生活？努力上进，我们要聪明，但不是小聪明。要不是她跑到安德士跟前故意乱说，引起安德士起疑心，丽卿和安德士也不会离婚。"

旁边跟孩子们一起坐在秋千架上荡秋千的丽卿听她俩议论，走过来道："咳，别说了，裂缝核桃经不起榔头敲，我和安德士如果真的是夫妻一体，那别人怎么挑拨离间也是白费心机。我俩为什么离婚，我自己

216

心里清楚得很，离了也不完全不是好事。哎对了，半夏，回头我把两个孩子小时候穿过的衣服收拾好了给你送过来。旧归旧，但穿上软和，你不会嫌弃吧？"

"哎呀哪里呀，我的同事们也张罗着要把孩子们小时候穿过的衣服送给我呢。你们不知道吧？上回去教授家做客，我家准婆婆从储物间里翻出一辆样式挺别致的婴儿车，竟然是阿呆教授小时候用过的！阿呆教授一看，喜欢得不行，还说这叫什么传承，说什么：一粥一饭，当思来处不易；半丝半缕，恒念物力维艰。"

几个人正热闹说着，那边男人们烤好了肉，叫大家去。丽卿感激冬夏一直向着自己，亲昵地搂住她："还是你最疼我！"

"咱俩谁跟谁呀！"冬夏用肩膀搡搡她，"下周六的公司创新策划展览会上，有我公司的 H&H 新女性主题策划研讨会，我的演讲在下午第二场，你也来？"

丽卿道："那是自然。现在读书，时间一大把，我来就是。"

哥德堡的公司创新策划展览会每年都会吸引全球很多公司来参加、投资。在这个展览会上，既有像冬夏这样初出茅庐的小公司，也有全球知名企业、投资公司、融资公司。生意场上向来不缺产品，缺的是创意、策划和点子。

转眼会展日期到，冬夏、卡莱、半夏、丽卿和可可走进会场。瑞典历来是女权主义呼声最高的国家，政府也分外重视。冬夏看到从三层楼高的天花顶垂下来的广告语条幅，很多条幅上都打着新女性这样的话题，再看看会场许多展台也是如此。但这些条幅大多都是呼吁女性在两性之间的平等，呼吁人们对女性的关爱和社会关系中所扮演的角色，是外力。像自己这样让女性自觉自愿激发内力、自我关注内心成长的策划她还没有见到。冬夏对自己的创意充满了信心。

"如果今天有人大手笔买我们的创意，我们也可以考虑哦！"她对伙伴们宣称。

包里就放着策划案，但她今天决定空手上台进行产品创意演讲。

演讲在第二场，她们的会场已经座无虚席。一行人找了最后一排的座位，会场工作人员为几个人加了几张凳子。坐定，冬夏极目四望，观察与会者们的身份，见在坐者女性居多，心里一阵宽慰。一会儿，主持人上台，介绍今天的嘉宾，冬夏却赫然见到赵瑞阳穿着得体，调试着麦克风，准备一会儿上台进行自己的产品演讲的样子。

冬夏狐疑地看向同伴们，大家也表示不知。可可也是一脸吃惊，看情形并不是装出来的。冬夏心里掠过一丝不好的预感。

少顷，只见赵瑞阳准备好，打开制作的投影展示，硕大的题目映入大家眼帘：H&H——女人最想要的是什么？看见后排的冬夏几个，赵瑞阳含笑向她们点点头，开始自己的演讲。

他先是从自己母亲曾经的不幸遭遇讲起，简单回顾了母亲即便辛苦却也努力生活的一生。然后话锋一转，谈到自己母亲，不由得思考女人在社会存在中的定位，无论是为人妻，还是为人母，抑或只做自己：

"那么女人最想要的是什么？当我们在谈新女性主义的时候，我们在谈什么？女人无意与男人平分这个世界的什么，因为这个世界上的每一样物体都是完整存在的。男人一样，女人也一样。女人只要用每一天的一点思想之泉，浇灌出属于自己生命里的树苗，让它与自己每日茁壮成长，最终成为自己生命中的华盖。"

"所以，女人要的，就是每天一点时间的独处，这独处的时间，别人不可以打扰，丈夫不可以打扰，孩子也不可以打扰，丈夫、孩子、家庭，是生活的组成部分，但不是全部。女人不应该忘掉自己的存在感！"

冬夏、半夏、可可和丽卿目瞪口呆地坐在那里。这明明是剽窃呀！别说创意，除了开头那一点对他已故母亲的哀思，其余的，几乎每一句话，都是按冬夏策划案里的原句照搬。

"不是我，真的不是我！我没想到他会这样。"可可看大家怀疑自己，连忙申辩。

不过在心里也暗暗心虚，她明知老板娘、赵瑞阳都和冬夏她们有过节，却看似有意无意地将赵瑞阳介绍给老板娘认识，图的是什么也许只有她自己知道。自己也曾给老板娘看过冬夏完整的策划案，如果说老板娘将策划案给了赵瑞阳，那也完全有可能。她心中有愧，有苦难言，急忙在冬夏她们面前压低声音辩解，都快哭出来了。

"所以现在，我要展示我公司的新产品：锦囊包。"赵瑞阳说着，多宝在旁边帮忙，拿出请国内人设计好的一个古色古香的荷包一样的大锦囊，从锦囊里一样一样地掏出眼罩、耳机、口杯、读书单和一根跳绳。每掏出一样，就讲一个设计理念。

"无耻！冬夏，我们应该阻止他！这全是你的设计理念！"说罢，丽卿和半夏刚要站起来，冬夏一把拉住了她们。看得出，她在闭着眼睛做深呼吸，极力让自己冷静。

赵瑞阳的演讲博得全场的掌声。

"现在，我很乐意在场的每一位都体验我们的新产品。来，一人一个，大家都有份。"说罢，赵瑞阳让多宝从台下早已准备好的纸箱里，拿出与国内公司洽谈产品的锦囊样品，分给在坐的大家每人一个。

演讲的时候，赵瑞阳早已看到后排的冬夏她们，他特意微笑着，做出一副谦逊的姿态，拿了几个锦囊，走到她们跟前说道："欢迎欢迎，欢迎来捧场！林小姐，下一个演讲就该你了吧？生意嘛，做的人多了，那抢的就是一个先机。你看，这锦囊从包装到设计，我下了不少工夫，怕就怕的是一个模仿。"他知道会场有很多媒体，故意这么说，挑衅地看着冬夏，就想激怒她，让她当众失态。

冬夏看着这张无耻的嘴脸，真想一巴掌打下去，但她忍住了。

"多宝，这到底怎么回事？怎么赵瑞阳讲的跟我们公司的策划案一样？"不打不成交，请吃过几次饭后，可可和多宝已经成了连赵瑞阳都不知道的铁哥们。趁着空隙，可可急忙将多宝拉到一边，问个究竟。

"可可姐，你还不知道啊？你男朋友他妈把策划案高价卖给了赵哥。唉，这事儿我只说给你，你可得保密啊。"多宝悄悄说给可可，叮嘱她保密。可可暗暗恨了一声。

半小时的中间休息很快过去，下面就是冬夏的演讲。卡莱、露易丝、丽卿都为她着急。该讲的都让赵瑞阳讲了，冬夏上去讲什么？冬夏一时也没了主意，卡莱也替她着急，环目四周，突然看到在远处一个日本文化摊位上，一个日本女人正教人使用筷子。

"有了！"看到筷子，卡莱有了主意，"冬夏，你不是上周才给你的学生们讲过筷子吗？现在就讲讲筷子好了，稀奇的东西外国人都爱听的。"

冬夏看着卡莱不自信地说："行吗？"

"你行的！"卡莱一只手握住她的手，一只手轻轻安抚她的后背，

"如果你不愿讲，那也没关系，我去给主持说一声，就说你身体不舒服。"他知道当冬夏紧张的时候，安抚她的后背是最好的让她安静下来的方法。

"不，我可以试试。"果然，冬夏不服输的性格被赵瑞阳的无耻激发出来，她焦虑的情绪在卡莱的安抚里得到缓解。看看黑压压的等待着她演讲的人们，以及人群里等着看笑话的赵瑞阳和老板娘的嘴脸，她点点头："我立刻让丽卿去日本女人那儿买一包竹制画骨筷，你马上帮我去调试电脑，找出古琴曲暖场。演讲准时开始。"

几个伙伴三下五除二，办妥就座，都不知道冬夏葫芦里要卖什么药，齐齐坐在后排，忐忑地为她祈祷。

卡莱打开音乐，悠长的古琴声起，大家安静下来。冬夏深吸一口气，拿着筷子，走上讲台："大家好！我是女性独立创意品牌的林冬夏，今天我的演讲主题是：当筷子遇上叉子——从饮食文化里看中西方女性文化差异的对比与融合。"

听到这个题目，后排几个人差点一口水没被呛着。

"在瑞典，新婚夫妇结婚走出教堂的时候，人们以撒米祝福新人。而在中国，除了大枣、花生、桂圆、莲子，我们还会送筷子给新人，预示快快早生贵子。"说到这里，台上和台下都发出一阵善意的笑声，开场气氛轻松。

冬夏继续往下讲："可以这么说，中国人的道，都在筷子里。何谓道？道生一，一生二，二生三，三生万物。万物皆在其道。筷子既可合二为一，成双成对，表示世间天与地、阴与阳、男与女，阴阳调和；又可一分为二，显示凡事凡物皆有对立正反。筷有两头，从粗到细，一圆一方，代表天圆地方。筷长七寸六分，象征世人七情六欲。使用筷子，一根主动，一根从动，主动为阳，从动为阴，此乃两仪之象。如何执筷？拇指、食指、中指三指配合，是为天地人，天时地利人和，三才之象。何谓男女之道？两根筷子诚如男女，合二为一，是夫妇一体。一分为二，是人世间男女各自有担当。"

冬夏洋洋洒洒讲了一通筷子哲学，然后话题又落到中西方女性文化差异上，最后，以筷子做总结："所以今天，我的'筷男筷女'，就是对男女关系最好的诠释。女人不是男人的肋骨，男人也不是女人另外的半边天，男人和女人都是完整独立的个体。女人也有需要完全放下丈夫、放下孩子、放下家务，放空自己的时候。我们认为那些为了孩子，为了丈夫，为了家庭牺牲自己一切的女人，也许她们是好妻子、好妈妈，但不会是好女人，而做女人不过是如此简单：每天给自己一点时间，或读书，或FIKA，或养花，或发呆，学会和自己独处。"

冬夏的话引起了不少人的深思和讨论。

"筷男筷女！"卡莱、半夏和丽卿听着这现编的新名词，一边帮冬夏给在座的人发放筷子，一边由衷佩服冬夏。

演讲在大家饶有兴致的筷子练习中结束。赵瑞阳看见冬夏不仅没有冷场出丑，反而博得满堂彩，见了他，笑笑点点头，一句反击的话都没有。他反而有点吃不准，拉着多宝悻悻地离开了会场。

"无耻无耻无耻，简直是无耻！"

冬夏憋了一路，一回去，躲在自己小家，立刻成了小女孩，又哭又说，将赵瑞阳肆无忌惮大骂一通。卡莱见她情绪激动，劝也不是，拿起墙角的吉他，合着她的哭闹打起和弦，倒成了韵律全合拍的说唱。最后，冬夏被她气笑了，说道："你干什么啊！跟着别人一起欺负我是不？"

卡莱放下吉他，将她抱在怀里："哎呀我的小公主，遇到这样的事，哭闹是没有用的，你今天的表现加分哦！不如我们出去吃点好吃的，回来再看看有没有什么好办法？"

冬夏想想，点点头。两人穿衣下楼，卡莱道："刚才真的好佩服你！一下子竟然能讲那么多，放我准傻眼。"

"他直接就是按着我的策划案照念嘛！我要讲的他都讲了，我还讲什么？还不就是临场救急的一个演讲罢了，这个演讲稿子以前在学校里做过，还好没怎么忘。幸亏你今天提醒我，不然我也傻眼。"冬夏沮丧地踢着一块路边的石子。

"两个月后就要进行创意品牌竞拍了，在这之前我们一定要想想办法，找证据证明这是我的创意，将属于我的东西拿回来。"冬夏停下来，看着卡莱。

卡莱抱住冬夏的双臂："冬夏，你知道我一直是支持你的，尤其这样的事。瑞典绝不会允许这种剽窃舞弊的行为。对方敢于这样明目张胆地做，一定有充分的资料在手里，我们要赶紧行动起来，哪怕最后走法律途径。"

冬夏充满爱意地看看卡莱，给了他一个甜蜜的吻。

"无耻的东西！"两人正说话间，忽然一个女人走上来，"啪"就给卡莱脸上来了一巴掌。冬夏急忙拉住卡莱，再一看，这个女人身边还站着个神情冷漠，看上去十几岁的女孩，女孩紧紧地攥着自己的衣角，看不出任何情绪。冬夏一眼就看见这个瘦削女孩的腹部微微隆起。

"你说的是这个混蛋吗？"女人严厉地质问女孩。女孩耸耸肩。

再仔细打量女孩，冬夏忽然认出她就是卡莱的妹妹克里斯汀娜以前在抑郁症康复中心认识的小伙伴爱丽丝。虽然克里斯汀娜现在已经康复，开始正常高中生活，但和爱丽丝还保持着偶尔的联系，冬夏在家里见过她几次。

"你一定是弄错了吧？"冬夏上前一步，护住卡莱。她不相信卡莱会和这个女孩有什么不该有的关系。

"你是他的女朋友？"女人问。

冬夏点点头。

女人从包里掏出一张医院 B 超单，掷到冬夏手里。冬夏接过去，看见女孩才十六岁，而且已经怀孕三个月。

"三个月前我不是陪你去打胎了吗？怎么胎儿还在？"看见 B 超单，卡莱吃惊地问爱丽丝。

爱丽丝扭过头，不说话。

"你这个混蛋，你难道不知道她是基督教徒吗？强奸了我女儿，竟还敢怂恿她去打胎！上帝是不会宽恕你的！法律是不会饶恕你的！我要去报警，马上让警察抓了你！"女人又要扑上去扭打卡莱，冬夏急忙将她拉住。

"那不是我的孩子！"卡莱大声分辩。

"卡莱，如果你不承认这个孩子是你的，我就去死！"一直沉默的爱丽丝听到这里忽然歇斯底里起来，然后看着她妈妈，"还有，如果你去报警，我也去死！我说到做到！"说罢决绝地看着两人。

"卡莱，这个孩子，不是你的吧？"冬夏脸色苍白，她压住怦怦跳的心脏，满怀希冀又小心翼翼地问卡莱。

"冬夏，回去我慢慢给你解释好吗？"卡莱上前紧紧抓住她的胳膊。

"不，你告诉我，这个孩子是不是你的？"冬夏看着他。

看了看爱丽丝和她妈妈，卡莱闭了闭眼睛，深吸一口气："是的。"

冬夏的眼泪瞬间涌了出来："卡莱，你！"她用力甩开卡莱的手，逃一般地飞快追上了一辆刚好到站的电车。

20
赛夫乐的新租客

一 步 两 步 三 步
　　她 的 小 手
在 我 的 大 手 里

出了临海的西约特兰省，不远处就是拥有大片牧场、奶牛、森林和湖泊的达斯兰德省和韦兰姆省。将这两个省，甚至西约特兰省也沾点边的区域连在一起的纽带，是瑞典境内最大的巍纳恩湖。绕湖有八座大大小小的城市，赛夫乐城就是其中之一。

这年秋天，在瑞典中部赛夫乐小城，八十岁的瑞典老人斯蒂格和老伴乌拉的院子里的苹果树上掉下最后一个苹果的时候，从相隔九十分钟车程的哥德堡来了一个中国女人。这个女人裹着黑色的呢子风衣，拎着简单的行李。见到两位房东之后，女人拿出自己的身份证递过来，斯蒂格接过来念道："林冬夏。"冬夏点点头。两人将冬夏让进屋内。

回国两个月，电话关机，断掉一切联系。到现在，冬夏仿佛还没从分手和突然间失去母亲的打击中醒过来。她不能原谅卡莱的背叛，就像不能原谅父母对姐姐的恶行和伤害一样。自从知道姐姐的事后，她几乎再没怎么和母亲交谈过。进监狱、移民，中间曲曲折折这么多年，虽然和母亲不肯彼此见面，但大家互相安好就好。现在，自己又恢复到单身一人，分手了，母亲也走了，仿佛人生转了一圈，又回到了原点。没有大悲大痛，一种细细密密的痛楚却爬上来，与日俱增地蚕食着她过去与母亲相处过的那些岁月。

离开瑞典回国之前，她没有告诉任何人，包括母亲病危，包括和卡

瑞典乡下

莱分手。她留下了一封分手信给他。爱情，在相看两厌之前结束，也许是最好的。爱丽丝只是一个契机，到了这一步，就该这样做，似乎任何别的选择或坚持，都是对心意言不由衷的违背。

回去之后，冬夏给姐姐迁了坟，将姐姐葬在了曾经悉心教养爱护她、给了她一生唯一一段快乐时光的外祖父身边。在他们的墓群周围，家伟种下了几株栀子花树："等到明年，就会开花了。春地下有知，也该闻到吧。"

冬夏含着泪，点点头。她看着大阿姐和家伟，对于两人的相恋似乎一点儿也不奇怪。临走前，她将母亲的房产过户到了贝贝名下。

"冬夏！"家伟看着眼前这个小妹妹，千言万语，却化作两行清泪。

"大哥哥，原是我们家对不住你！"冬夏握着家伟的手，将大阿姐的手拉来握在了一起。

如今，她站在要租住的小木屋前。小木屋在正屋后面的花园里，带个刚刚够放下一张桌子、两把椅子的露台。屋子里面铺着木地板，厨房、卫生间、暖气一应俱全，是个简单的窗明几净的夏日房。走进小木屋，一股清香的原木气息扑面而来，让冬夏顿时想起了几年前和丽卿、卡莱那次的森林营地露营。她闭了闭眼睛，仿佛不愿从这馨香的味道里出来。

"还满意吗？自打我小儿子奥斯卡十八岁搬走，这小屋空了有两年啦。"乌拉跟在冬夏身后，她出生、长大、成家，都在相对封闭的瑞典中部，此刻暗暗地打量着这个中国女人，觉得很新奇。说实话，她还是第一次和中国人打交道。除了这个区经常打交道的老邻居们，乌拉和斯蒂格的日子安静而略显单调。如今来了个天外住客，斯蒂格和老伴乌拉一样，带着小小的兴奋的心情，期待着新租客的到来，何况，这个租客还是个中国人。

十一月的赛夫乐比哥德堡低两度，已经有了微微的寒意。小屋由主屋统一地热供暖，里面的床铺设施也符合冬夏"拎包入住"的要求。知道客人要来，斯蒂格早早调好了小屋温度，让它恒温供暖。冬夏感谢了两位房东，待两位老人家走后，她仰面躺在松软地铺着勾花毛毯的床上，大大舒了口气。打开电脑看看账户里的钱，整整三万，除去每个月两千块的房租，不知能不能维持到开春？卡莱还要照顾马上高中毕业的妹妹，临走时冬夏将大部分的钱留给了他们，只拿了自己最后一个月的工资。

打开电脑，在积压成山的邮件里，冬夏意外地发现了半夏写来的邮件。一看内容，不由倒抽一口冷气，急忙启动手机，找到半夏的号码，急急拨过去。半天没有回音，一会儿，半夏发过短信来："也许这是宿命，逃不过的吧？我和弗洛克分手了。"

冬夏呆呆看着半夏发来的短信，百思不得其解："搞什么啊？当初使出全身解数，好不容易才把竹筒夫子阿呆教授追到手，又好不容易大龄怀孕，这才几个月工夫啊，还以为孩子快生了，怎么两人就要分手了？难道是阿呆教授移情别恋？不大可能。"带着疑问，她赶紧把电话再打过去，想问个清楚。

雨过天晴，太阳出来，草坪上三三两两地坐着或躺着一些想抓住最后秋日阳光尾巴的人。然而此时，坐在咖啡桌旁的半夏和阿呆教授这对情侣，消沉悲伤的情绪与周围暖洋洋的环境格格不入。通过半个月反反复复的检查和确诊，他们最不愿意面对的结果还是出来了——半夏肚子里十七周的宝宝，属先天性唇裂。

这无异于晴天霹雳，尤其对于半夏，每一天都是度日如年，以泪洗面。从心碎中回过神来以后，她决定打掉这个孩子。阿呆教授脸庞失去了往日的安详，他胡子拉碴，脸色憔悴，头发凌乱地向各个方向弯曲。教授不同意打掉孩子，可说破了嘴皮，依然无法使半夏回心转意。

他不明白为何一向知书达理的半夏，在这件事情上会固执到如此可怕的地步。唇裂，那只是一个小到不能再小的缺陷，只要在出生后做手术，如果手术做得好，甚至可以完全不留痕迹。为了这样一个小小的缺陷而毁掉一条性命，他无法理解也不能容忍。

"亲爱的，你看看，这就是我们宝宝现在的样子。宝宝的大脑和内脏已经发育完全，小心脏有节奏地跳动着。你怎么可以这样杀了宝宝，毁了这样一个鲜活可爱的小生命？"教授找出了胎儿图片给半夏看，他流着泪亲吻着她的手，乞求她改变主意。

半夏比他更痛，更难过。痛过之后，她一意孤行，去医院预约了流产手术。胎儿越大，失去时心就越痛，她不能再等。

"好吧，如果你一定要打掉这个孩子，那么我们的关系将到此为止。我和你，永远、永远也不再见面。"教授心碎地用布满血丝的眼睛，定定地看着咖啡桌对面的半夏。因为这个孩子，半夏走进了他的心里。但此刻，他却觉得她是那么遥远。

半夏转过头来，凄然地看着教授："好的，永不再见。"她站起来，朝教授笑了一下，极力地控制住颤抖的身子，转身离去。看着女友离去的身影，教授猛地站起来，半晌又无力地落座。他不断地、狠狠地揉着额头，但眼泪还是夺眶而出。

　　冬夏电话里极力请半夏三思而后行，保住胎儿，但半夏根本听不进去。再打过去，她竟然关机。冬夏急忙打教授的电话，谁知他竟然在酒吧喝得烂醉。她突然想起了丽卿，目前也只有丽卿可以火速去"救驾"了。然而从已分居的安德士那里，冬夏知道了一个噩耗：丽卿的弟弟杀了出轨的弟媳，现在家里也已经乱成了一锅粥。丽卿正在国内，他也正准备飞往国内去看看丽卿的情况，目前正在办签证。

　　挂了电话，冬夏瘫坐在那里。她感觉自己只是离开了两个月，然而大家的生活似乎全乱了套。

　　第二天就是半夏预约流产的日子，教授几乎要发疯。按照瑞典人的习惯，他自然要尊重女友的选择。冬夏二话不说，早已经连夜坐火车回了哥德堡。

　　见了教授，两人坐在那里一筹莫展。关键时刻，冬夏想起了半夏的养父母。半夏是孤儿，从小被膝下无儿无女的夫妇俩领养，爱若掌上明珠。也许，从半夏当年的经历中，能找到一点她为何如此决绝的原因。

　　两人立刻兵分两路，教授去会见半夏的养父母，冬夏则亲自去找半夏。半小时后，教授已经坐在了半夏养父母的客厅。

　　"你们猜得不错，的确事出有因！"养父拿出了一张半夏小时候的照片递给教授。照片上，小女孩嘴唇上有一条明显的唇裂痕迹。

　　"你是说她……"教授吃惊地看着养父，养父严肃地点点头："露易丝出生时因为先天唇裂，遭到亲生父母抛弃。被发现时，她躺在雪地里，已经冻得气息奄奄，身上只有一条薄薄的棉被裹着。"说到这里，养父的眼睛湿润了，停了停，"她在孤儿院里度过了两年零两个月的时间。露易丝天生聪慧而敏感，我们领养她的时候，她是小小的模样，自己还是幼儿，竟开始照顾比她更小的弃儿，给坐在摇篮里的婴孩喂饭。"

养父停下来，看了一眼流泪的教授："因为有生理缺陷而遭到亲生父母的抛弃，即使她做了世界上最完美的修补手术，但内心的伤害和自卑仍是无法抗拒的。即便是我们，作为养父母，给了她如此多的爱和照顾，可是我知道，那种心理孤独和不安全感，我们也无能为力。"

"就要去医院了吗？"此时，海边的半夏扪心自问，坐下来，给肚子里的宝宝写了一封长长的信：

  "你惧怕死亡吗，孩子？是的，我也惧怕死亡，比你更甚。我不知道你是不是能感觉到我的恐惧，一个此时此刻不够资格、却正在做着你妈妈的女人的恐惧。你还太小，一只刚出生的小猫甚至都比你大。但作为一个已具雏形的人类，你的大脑已经发育成形，所以，也许你能感觉到。我们的血脉相连，我的每一个意念，可能都会通过体内无数的神经传递给你。我不爱你吗，孩子？不，我比任何人都爱你。你还在我的体内，以我的血肉的形式存在着。你是我的骨中之骨，肉中之肉。遗弃你，也等于连同我自己一起被遗弃。不，我们错换了概念。这并不是遗弃，而是爱你太甚。

  你本是天上的精灵，不该以人的形式降生在人间。我已经被遗弃过一次。诚然，你生下来，我当爱你如我自己的生命，可有一天当我们老去，孩子，你又该如何自处呢？亲爱的孩子，我如此爱你，以至于不忍你一生下来，便遭遇任何的打击和不公。哪怕这种打击，只是别人带着同情的目光偶尔一瞥，在妈妈心中也无异于天崩地裂。妈妈体会过，所以不愿无辜的你再去体会。孩子，如果我们有缘，请你这次之后，再来做我的孩子。如果你不愿意，那么，我亲爱的孩子，请你在天国等我，总有一天，妈妈也会去那里再和你相聚，到那时，妈妈再看清楚你的模样……"

写到这里，半夏已经泣不成声了，痛彻心扉的眼泪把浅粉色的信纸湿了一大片，她再也写不下去了，捧着肚子站了起来。

远处，海鸥低飞，远行的渡轮汽笛声悠长而缓慢地传来。潮湿强劲的海风将半夏脸上的泪水一次又一次吹干了。她将写好的信折成一个粉色的心形，小心地装进海水蓝的漂流瓶里，封了口，像推摇篮一样，将装着信的瓶子推进了大海。看着瓶子在海水中渐行渐远，半夏感到自己的心也漂远了，有一种被放逐的荒凉感。

"孩子，你去吧，你去的那个地方，妈妈总有一天也会去。你在远处，也在妈妈的心里……"半夏面对着浩瀚的大海，手轻轻地抚在肚皮上，默默地看着瓶子。那被太阳照着的闪光点，仿如一颗随波起伏的珍珠。直到闪光点与海面上的波光融为一片，她才拢了拢被海风吹得零乱的头发，站起身，慢慢朝岸上走去。

她驾车朝医院方向开去，再过一个小时，她与她的孩子，将要永远、永远地告别了。

然而，在走到医院门口那一刹那，她再次失声痛哭。本来以为已经释然的心情，却像饱含水分的乌云一样，更沉重地向她压来。每向妇产科方向迈进一步，艰难的脚步都要付出万分的努力。

就在这时，她突然看见几个人——她的好友冬夏、她的养父母静静地站在那里。还有她亲爱的教授，几乎是从几棵大树之间飞一般地向她

沙滩写信

跑来。他的头发在风中摇摆，衣角也飘了起来。

暮秋的阳光高远而明亮地照耀下来，半夏突然间有种天旋地转的感觉。

"不要！"

就在教授将她抱入怀中，说出这句话的同时，腹中的胎儿奇迹般给了她一个轻微的颤动。这暗示如此轻微，在半夏的身体里却足以翻起惊涛骇浪，像一条小小的鱼，在海浪中轻轻地摆尾，激起的涟漪却贯穿了半夏的整个身体，她几乎瘫软在教授的怀里。

教授灰蓝的眼里满含泪水，他亲吻着半夏，亲吻着怀中得之不易的上天赐予的珍宝："对不起，半夏！从前我没有好好爱你，但从今以后，你和孩子是我生命里的所有！信任和托付，永远是婚姻的基石。你还愿意托付给我吗？"

半夏含着眼泪，使劲点了点头。

这边两人你侬我侬，那边冬夏触景生情，也哭得稀里哗啦。她掏出手机，很想给卡莱打个电话，但当翻出他的电话时，她又忍住了，将手机装回了口袋。

21
真 情

韶 华 慢 似 静 止
樱 花 枝 头
春 日 旭 旭 升

丽卿一回去，就发现母亲家里已经被弟媳的娘家人围得水泄不通，一眼望去总有百八十人。她从来没想到弟媳家会有这么多人，恐怕半个村子的人都来了，而且年过半百的妇女居多。村里人在母亲院子里搭了灵棚，讨说法。

　　知道是凶手的姐姐回来了，人们乌泱泱全围过来。丽卿无可奈何，赶紧拨了电话叫冬夏的大阿姐，还有海归过来"救驾"。村里人推搡着她，嚷嚷着"血债血偿""一命抵一命"，被困在屋子里的老妈见到女儿，"哇"地一声哭出来，一下扑在了女儿怀里。丽卿看看老母亲一夜变成全白的头发，过去的一切恩怨，仿佛都随风化去。她紧紧地搂住了弱小可怜的母亲。

　　"孩子呢？"丽卿看了一圈，没有发现小侄子。

　　"被他们带走藏起来了。"母亲苦着一张脸，眼泪似乎都已经哭干。

　　"凶手还想要孩子？想要孩子就拿钱来赎。"弟媳的表姐一直在外面打工，打扮土洋土洋的，看起来是大家的代言人。一只手插在裤子口袋里，操着半溜普通话，跟丽卿谈条件。

　　丽卿没空跟她们再纠缠，放好箱子，搀扶了母亲，准备一起去探望羁押的弟弟，人们涌上来，挡住了两人的去路，有人便趁机拉扯丽卿的箱子。

"你们干什么？"丽卿往回拉自己的箱子，早有几个人过来一横，挡在她前面。这边便过来一群村民，将丽卿围在中间推来搡去，村民里几个男人手不规矩起来，趁机揩油，惊得丽卿大叫起来。正闹成一团时，几个民警走进来，大家一看穿制服的，立刻鸦雀无声，闪出一条道。

原来是经验老到的大阿姐报了警。海归见丽卿狼狈的样子，急忙将她扶进屋内。

经过民警调解之后，过来帮闲的大部分村里人被勒令疏散回了农村，剩下弟媳的娘家父母、舅舅、五个姐姐和表姐主持谈判。

丽卿将这几个人委托给大阿姐，每天住在家里好吃好喝地招呼，自己和母亲在海归的陪同下，赶紧找到曾经打过交道的徐律师，一同去探望羁押的弟弟。

弟弟有气无力地坐在铁窗里面，胡子拉碴，一副呆呆的样子。

徐律师作为委托律师，有查看卷宗的权力，当下调出卷宗查看。这本来是一宗毫无悬念的凶杀案件，弟弟无意中去店里，撞破老婆和他人的奸情，冲动之下起了打斗。没想到老婆不但不帮他，还帮着奸夫一起打他，弟弟气不过，拿店里切水果的刀连续十几刀，结果了老婆的性命。弟弟也供认不讳，画押认供。看见儿子的红手印，丽卿母亲只叫着"疼死我了，疼死我了"，几乎昏死过去。

回来的路上，徐律师便给出了意见：现在对方娘家人闹得凶，其实目的也很明显，所以最切实的解决方法，就是出钱买命。对方也请了律师。两家律师谈判来谈判去，死者娘家人以丽卿在国外有钱为由，狮子大张口，放出话来，要么三百万，要么告死为止。经过来回说和，最终以一百八十万加精神损失费三十万共计两百一十万商定，限定日期，娘家人撤回诉状。

众人离去，丽卿呆呆坐在那里，一筹莫展。紧急之下，两百一十万，她到哪儿找去？母亲也知道女儿这几年来回为家里折腾，再加上上回母女俩闹翻，丽卿几乎将所有压箱底的钱都拿出来给了她。她坐在那里，闭着眼打坐，一声不吭。

苦了丽卿，连日来坐在灯下，一笔笔地凑钱。问起老妈上回给她的那笔钱，老妈支支吾吾半天，末了捧出一堆保健品来，丽卿叹口气，将头埋在了双臂里。

冬夏打过电话来询问事情进展，丽卿终于将一腔委屈全倒给了这个最亲密的朋友。她痛快地哭够了，才将回来后事情的进展一五一十讲给冬夏听。说到筹款，丽卿道："恐怕这次我得卖掉我岛上的房子了。"

冬夏道："现在孩子们还住在房子里面，卖掉或抵押掉房子，孩子们住哪里？再说要钱是当务之急，房子清理完，再请房产公司做评估，拍美照，做成册子，挂牌出售，还不得要一段时间？虽说岛上房子抢手，但估计也不是一时能卖出去的事。"丽卿也知道这房子，卖亏了自己心疼，要卖个好价钱，不一定马上能卖掉。

"那你说怎么办？"丽卿长叹一声，揉着隐隐发胀的太阳穴。

"我这边的情况你也知道，要不我跟贝贝的爸爸家伟大哥说一声，先把我妈妈原先那套房拿出来抵押了？"冬夏也焦急地出主意。

"算了吧，不管哪边房子做抵押，不都面临着同样的难题！"

"要不，你试着问问安德士？"冬夏试探地问。

"离婚了，就别提了。夫妻本是同林鸟，大难来临各自飞。我就别指望他了！"丽卿说到这里抽泣起来，不知为何，此时的她是如此想念安德士。哪怕什么也不做，他在身边也是好的。

眼看限定的期限到，冬夏、海归和大阿姐，包括家伟，几个人总共凑出来的钱，刚刚一百万，还差一半多。村里人有村里人的规矩，叫君子一言，驷马难追，期限一到，见钱还没到位，以为丽卿家要毁约抵赖，立刻又叫了村里人来闹事。这次一进门，村人们有备而来，叫着："敬酒不吃吃罚酒！"进屋就开始砸东西，丽卿家是城中村，扰得四邻不安。邻居们只是张望，没有人敢过来劝架。

丽卿和老妈被一帮人围在圈子里"讲道理"，丽卿急得刚要打电话报警，手机就被人一把夺过去，踩了个稀巴烂。推搡中，老妈被绊倒在地上，丽卿急忙蹲下身扶老妈，就见黑压压的人群从头顶压下来，丽卿扶着老妈要站起来，反而被众人推了个趔趄。正在万分混乱时，只听得一声拐调的汉语如雷震耳地传来："你们干什么！"听见这话，大家都愣住了。只有丽卿，从这熟悉的语调里，知道是安德士来了。

安德士一米八八的个子，几步分开众人走到丽卿跟前，蹲下身扶起丽卿和老妈。血粘在安德士的手上，丽卿这才发现自己的额头和脸颊在刚才的争斗中受了伤，正流着血。

"丽，事情交给我处理！我不会让他们欺负你！现在我们立刻去医院！"安德士搂着流血的丽卿。丽卿靠在安德士的臂弯里，闻着熟悉的气息，点点头。这气息就像镇静剂，丽卿连日来的焦虑不安和恐慌，终于在这一刻得到解脱。

"安德士，我想睡觉。"丽卿说罢一头栽倒在安德士怀里。

等到她再醒来时，已经是三天后的医院。她头上缠着纱布，手上挂着葡萄糖点滴，安德士正坐在床边打盹。听到动静，马上警醒，看见丽

村头闹事

卿睁开眼睛，高兴得将丽卿的另一只手握在手里。

"我怎么躺在这里？"丽卿柔和地看着他，任由他抓住自己的手。

"你太累了，精神太紧张，昏迷了。已经在这里躺了三天。不过无大碍，医生说你醒过来就可以出院了。"安德士温和地看着她。

"我母亲呢？你来了孩子们怎么办？"

"你母亲在家做饭，一会儿就送饭来。孩子们都很好，我走时托付给了冬夏，由她照顾。"安德士看着她，"丽卿，你放心，那笔钱我已经通过律师付清了，他们再也不会来找你麻烦了。"

"你付清了那么大一笔钱？！"听见这个消息，丽卿吃惊地支起身子看着安德士。

"我卖了从前我母亲留下来的南部度假屋。那个度假屋我母亲的邻居一直想买下来，好和他家的临湖码头连成一片，现在，他们终于如愿以偿啦！"安德士轻松地笑笑。

"可是，可是那个度假屋是你最喜欢的呀！你在那里长大，是一直舍不得卖的呀！"丽卿看着他，眼泪在眼眶里打转。

"丽卿，在这个世界上，没有比你和孩子们更重要的！从前我们生活在一起，你把一切收拾得干干净净，把我和孩子们的生活打理得井井有条，可我忽视了你的付出。直到你搬出去，我亲自去做那些，才知道你为这个家付出了这么多。你知道吗？做饭、吸尘、招呼孩子们上学不要迟到，还有动不动就堆积如山的脏衣服，MY GOD！我干了三天就疯了，我不知道你是怎么做到十年来每天重复这些事情的！丽卿，对不起！我亏欠你太多了！给我一个机会弥补我的愚蠢和以前那些对你的疏忽好吗？丽卿，搬回来吧！"安德士紧紧地抓着丽卿的手，看着她，生怕她不答应。

"怎么，照片不看了？又信任我啦？又让我回去做老妈子啦？"丽卿明知道他不是这个意思，却偏偏这么问他。

安德士果然急了："当然不是！对不起，亲爱的！我一直说夫妻间要互相信任，其实我才是不信任的那一个。照片的事冬夏已经给我讲清原委，对不起，我在你最需要我的时候离开你！这次，让我来做老爸子！不，你不要做老妈子，我也不要做老爸子，我们相互理解，家务平分。还有，瞧，这次卖了度假屋，付了那笔钱，还有余额，你说，想去哪里？我们要好好度个假，庆祝我们的和好！"

"谁跟你和好了！我们潇洒，孩子们怎么办？"丽卿笑着看他。

"现在是我们俩，就只说我们俩。让我们做几天'狼心狗肺'的父母吧。以后回去，我每天要……"两人正说着话，海归和大阿姐来看丽卿。走到门口，看见两人在亲密地说着话，笑了笑，掩上门，退了出去。

"天气真好！"两人下了台阶，站在晴朗的风里，大阿姐看着海归，"回回都亏你热心，丽卿交你这个小朋友值了。咖啡馆你还倒腾不？"

"必须倒腾啊。以后常来坐坐，我亲手给您和大哥调咖啡。"经过一番闯荡，海归显然成熟很多，依然有激情却不再那么冲动。

"人生都是磨出来的。好小子，有出息！也记得常回家去看看父母。我和你家伟大哥的住址你也知道，有空就过来玩。"大阿姐拍拍海归的肩，眼里的豪气依然不减。

"一定的！"海归真诚地看着大阿姐。茫茫人海，能认识大阿姐、丽卿、冬夏，让他觉得正是她们，让自己体会到了人生的奇妙和不凡。

留在瑞典的冬夏要照顾丽卿的孩子们，暂时搬回岛上的房子，还住在以前住过的小屋。看着熟悉的一切，她颇有感慨。那时虽然是单身，但心无旁骛，如果不想那些过去的事，简直可以称得上无忧无虑。如今又恢复单身，心里却多了许多酸楚。孩子们都上学走了之后，她坐在窗边，支楞着下巴看着不远处的海，默默发呆。

短信响起，是马上就要举行会议的竞拍委员会发来的致函短信，提醒她信箱里有未读邮件。她站起来走到镜子前照了照，拿起浴巾走向浴室。一个全身心放松的泡泡浴之后，舒舒服服地捣饬好自己，坐到电脑跟前，冬夏开始了她的奋战之旅。

突然，手机响起，是克里斯汀娜打来的，电话那头仿佛灾难现场，夹杂着克里斯汀娜惊恐的哭声："林，你快来，我哥哥让你快来！爱丽丝要死了！"冬夏想也没想，抓起衣服飞奔到码头，赶上了最后一班渡轮。

待赶到卡莱和妹妹租住的房前时，呼啸而来的警车和救护车也刚刚赶到。冬夏几步跑上楼，一进屋，就被里面的景象吓了一跳。地板上到处是血，爱丽丝躺在浴缸旁边，割腕的伤口骇人地外翻着。她妈妈紧紧抓着她，卡莱紧紧控制着她的妈妈。

"不要进来，不要进来！"听见楼下救护车的声音，爱丽丝妈妈歇斯底里地尖叫起来。

"告诉警察，暂时没有危险，先不要进来！"为了避免爱丽丝的妈妈进一步受到刺激，卡莱急忙朝冬夏大喊。听到预警，冲上来的警察们马上全部隐蔽在门外。几个医护人员和冬夏对了个眼色，冬夏点点头。

克里斯汀娜躲在沙发后面，不停发抖，显然被吓坏了。一看见冬夏，仿佛遇见救星，急忙飞扑过来抱住冬夏。冬夏感受到她的恐惧，连忙抱紧她。

"冬夏，我控制住她，你快救走爱丽丝。"卡莱拼命控制着又咬又踢、企图奋力挣脱控制的爱丽丝的妈妈，朝冬夏大喊。

冬夏看看已经失血过多、脸色苍白、昏迷不醒的爱丽丝，上前拼命配合卡莱掰开她妈妈的手，将爱丽丝小心地连拖带抱，从已被鲜血染红的浴室挪了出来。等在外面的救护人员马上上前将爱丽丝抬上担架，送上急救车，开往急救中心。

"爱丽丝，不要输血！我不许你们给她输血！听妈妈的话，千万不要输血。"爱丽丝的妈妈连哭带喊，发出绝望的挣扎，被警察控制带离。

全部人员撤走，屋内恢复了安静。卡莱疲惫地瘫坐在沙发上，克里斯汀娜依偎在哥哥身边。冬夏要去煮一杯咖啡给卡莱定定神，但被卡莱制止了。将近三个月没见，卡莱再见到冬夏，竟然像孩子一样，眼里噙满了泪水，他委屈地一把抱住冬夏，久久没有抬头。冬夏感觉自己的肩膀上温热一片。

"到底怎么回事？"等到一切收拾停当，打扫干净，三个人坐在饭桌前吃饭，冬夏问。卡莱缓缓讲起原委。

原来，爱丽丝的妈妈是狂热的教徒，几年前，爱丽丝的爸爸就是不堪忍受她的狂热，才和她离婚，远走英国。离婚后，爱丽丝和妈妈一起生活。虽然自小在妈妈的左右下宣誓加入了教会，但爱丽丝随着年龄的增长，越来越清楚自己不喜欢这个。她试图脱离教会，却反而受到妈妈越来越严格的控制。

"爱丽丝，妈妈愿意把世界上最美好、最圣洁的东西给你！我绝不会让你从一只纯洁的白羔羊，变成一只需要被隔离、以免带坏其他白羔羊的黑羔羊！"

就这样，爱丽丝在妈妈的严控下长大。为了躲避这样的控制，她将自己伪装成抑郁症患者，借此住进了抑郁症康复中心。但是，随着青春期的到来，爱丽丝自小被过度压抑的性格变得无比叛逆，在网络上偷偷结交了大批和她一样渴望离经叛道生活的同龄人，并且经常参加这些人的聚会。肚子里的孩子就是在一次聚会的狂欢之后怀上的。孩子的父亲是谁，爱丽丝根本一点儿也不知道。

怀上孩子后，怕被妈妈知道的爱丽丝，只好求助曾经的好友克里斯汀娜陪她去打胎，又被卡莱知道了。抽烟加喝酒，加上如果妈妈知道，后果简直难以预测，这样的情况，孩子肯定是留不成。那时冬夏刚好在中国，卡莱只好自己陪着爱丽丝预约了打胎手术，并且陪着她去医院取堕胎药。谁知医院看到爱丽丝的年龄，马上通知了爱丽丝的妈妈，情急之下，爱丽丝只好对妈妈谎称孩子是卡莱的，这才发生了之前的那一幕。

"那后来呢？今天又是怎么回事？"冬夏喝了一口汤，急忙追问。

"其实我在想，爱丽丝潜意识里还是想要那个孩子的。那天我没有向你当场解释，是因为如果我否认那孩子是我的，也许爱丽丝的处境就会很危险，尤其在她自己都不知道孩子的父亲是谁的情况下。对她妈妈来说，这样淫乱的行为在她们的教规里，是绝对难以想象、无法忍受的事情，说不定还会由此伤害到她。那个时候我需要帮助她。"

"冬夏，亲爱的，请你一定要原谅我那天没有及时跟你说清情况。后来我怎么打电话，你都是关机。我知道你在生我的气，我原本想处理完这件事就去找你，向你解释，但谁知事情竟到今天的地步。"

卡莱放下汤匙，隔着桌子拉起冬夏的双手："但是我也不想让你长久地误会下去，所以帮爱丽丝找到了那次聚会的几个男孩子，要他们勇敢地出来承担责任，结果所有的人都矢口否认，包括爱丽丝心有所属、怀疑度最高的那个家伙，这让爱丽丝很受打击。今天她妈妈又要来带走最近借住在这里的爱丽丝，她和妈妈争吵起来，就选择了割腕自杀。"

"她妈妈为什么说不要输血？爱丽丝不会有事吧？"听完之后，冬夏忧心忡忡地提出这样一个问题。

"这是她们的教义，认为输了别人的血，会玷污自己原本纯洁的血。"卡莱摇摇头。

"这是什么教啊？怎么会有这样的教义？"冬夏叫起来。

"这就是世界的多元化。每个人都有自认为正确的价值观。这也就是在西方国家我们不要讨论宗教信仰的原因。"卡莱自嘲地笑笑，也摇摇头。

晚饭后，三个人放松下来。冬夏和卡莱腿上盖着毛毯，坐在风景独好的阳台上，抱着咖啡杯看远处约塔河的风景。突然，冬夏的肚子剧烈地疼起来，强忍着硬撑到半夜，冬夏实在忍不住了："快，快送我去医院！"

话没说完，豆大的汗珠已经从她的额头上滚下来。

"医生，你的意思是以后我都很难怀孕了？"冬夏因为急性排卵痛被送去医院，一番检查后，确认无碍。她坐在诊断室里，看着B超诊断，诊断上写着"子宫内膜异位、子宫后置"字样。这些情况，她以前的确一点儿也不知道。

"子宫内膜异位，子宫后置，这些都不是病，只是导致比较难自然受孕，何况你已经过了最佳生育年龄。不过瑞典小一半的婴儿都是采取人工干预试管疗法出生的，所以你也不必太担心。但无论怎么说，如果想要孩子，就及早采取行动，越往后，身体各项指标对妊娠期的影响就越大，宝宝非正常的几率也越高。"妇产科给冬夏就诊的是位耐心又富有经验的医师，既讲清了利害又安慰了她。

从诊室出来，冬夏满怀心事地收起单子，放进包里。

"怎么样？医生怎么说？没事吧？"卡莱迎上前将冬夏搂在怀里，关心地问。

冬夏勉强笑笑："没事，例假期急性排卵痛。"

"哦，那就好。吓死我了！"卡莱松了一口气，搂着冬夏走出医院上了电车，"饿了么？"

冬夏点点头。

"走，吃你最喜欢的印度菜去！"

冬夏默默无语，紧紧挽着卡莱的胳膊，将头深情地靠在他的肩膀上——她预备下车后就和卡莱说分手。

尾 声

"H&H 女性创意品牌第一次竞拍！最高出价 XX 公司！"

"H&H 女性创意品牌第二次竞拍……"

会场上，创意品牌的竞拍正在如火如荼地进行。老板娘、多宝、可可和男友维克多站在一边，陪着趾高气扬、志在必得的赵瑞阳。冬夏这边，丽卿、安德士、半夏和教授也严阵以待，支持着冷静迎战的冬夏。

"可可姐，我可能要回国了。不知怎么，移民局忽然来了通知。"多宝闷闷不乐地看着可可，悄悄地说。

可可怔了怔，点点头："回去也好！他乡虽好，却非久留之地，以后你就知道了。"

"啊，为什么？"多宝不解地看着可可。

"脚踏实地地生活不好吗？非要这么漂着？自己好好想想。看竞拍！"可可扬扬下巴，不再回答多宝的话。

"H&H 女性创意品牌第三次竞拍，最高出价 XX 公司！三、二、一！恭喜 MR.RUIYANG ZHAO 先生！"主持人高高举起的小槌子刚准备落下。

"请等等！"只见二楼包厢赶来的委员会主席和本次组织会长耳语几句，会长叫停了竞拍。

"赵瑞阳先生，您能解释一下 H&H 女性创意品牌最早的出稿时间吗？"会长接过话筒，严肃地问。

赵瑞阳没想到会长会问这个，他愣了一下。想了想，心里暗暗推算了一下老板娘卖给他创意的时间，又往前提了半年，报了出来。

"好，谢谢！第二个问题：请问 H&H 女性创意品牌在此之前进行过商标和产权注册吗？您是 H&H 女性创意品牌创始人吗？"

"那个，是这样的！ H&H 女性创意品牌正在注册申请中，目前正在等待。那个，我是 H&H 女性创意品牌创始人。"赵瑞阳慌了神，有点没有底气地回答。

"好的，谢谢！我的问答完了。中场休息到！赵瑞阳先生，请您到二楼办公室来一下。"

走进二楼办公室，见卡莱也在那里。赵瑞阳心里"咯噔"一声。

"赵先生，请您看看这些吧！这是这位卡莱先生对你对 H&H 女性创意品牌剽窃舞弊的投诉和证据。"赵瑞阳额头上冒出细细的汗，他拿起厚厚一沓资料，里面是冬夏写的详详细细的策划案和从第一次品牌创意开始到最后成型，中间所有的会议记录以及参与人数。

"赵瑞阳先生，还有什么不明白的地方需要我解释的吗？"这时冬夏被请了进来。她看到许久未见的卡莱和桌上的资料，感激地朝他点点头，然后冷静地看向赵瑞阳。

"你这是诬蔑！这样的策划案和会议证明，谁都能写。反之，就算你注册了，那也不过是抢注，我要说是你抢了我的呢？"赵瑞阳说着推了推眼镜。

"好吧，那你看看这个。"冬夏将他和惠竹关于做品牌交易的记录放在他跟前。

"这，这怎么可能。即便是，又怎么会到你手里？"看到这个，赵瑞阳有点慌。但表面上却强作镇静。

"惠竹卖给你这个，作为回报，你不单付了她一大笔费用，还帮她向可可就读的大学写匿名投诉信，投诉可可的论文作假。你也知道瑞典大学对一切造假事件从来都是严惩不贷，从重发落。尤其对各国留学生，轻则开除学籍，重则遣送回国。但你一面怂恿可可论文抄袭，一面暗中举报。目的就是帮惠竹把她不喜欢的可可遣送回国，中断和她儿子的恋情。"冬夏冷冷地看着他。

"林冬夏，你在写小说吗？"赵瑞阳神经质地哈哈笑起来。

冬夏没理会他："很可惜，你忽略了可可的论文导师是弗洛克教授。论文选题一报上去，教授就发现了问题。所以，可可很幸运！但同时也很'不巧'地知道了你和惠竹联合算计她的事。"冬夏笑笑，看着赵瑞阳，"别忘了，这世上没有不透风的墙。"

赵瑞阳不再理会她，他转向委员会的负责人："我请你们认真判断斟酌，竞拍这样严肃的事不应该被个人恩怨干扰。我有权保持沉默。我在考虑是否委托我的律师出面全权负责这些。"这是赵瑞阳惯用的招数，往往能用此招吓唬住对方，出奇制胜。但今天，他似乎有点回天乏力。

"好的，赵先生，你有权保持沉默！但在保持沉默之前，您必须解释一下这是怎么回事！"说着，负责人将一沓税单资料推到他面前。赵瑞阳拿起来一看，原来是一沓税务局根据曾经和他做过生意的一个屋主的举报，顺藤摸瓜查出的私下买卖房屋的偷税漏税记录。看到这个，赵瑞阳瘫坐在那里。

"对不起，林小姐，因为委员会的疏忽，差点让您的品牌和个人权益受损！幸亏您和卡莱先生及时提供了这些强有力的证据，制止了有可能发生的错误，也保护了竞拍委员会的名誉！在此向两位表示感谢！"负责人站起来，向两人真挚地表达谢意。

冬夏和卡莱欠身致意。

下半场开始。

大家都热切地注视着庄重走上台的负责人。

"现在我宣布，MS.DONGXIA LIN 的 H&H 女性创意品牌获得最高竞价！恭喜 MS.DONGXIA LIN！"随着负责人的话音，主持人高高举起小槌子，响亮落下。

全场掌声四起，大家纷纷向冬夏投去致意的目光。

竞拍后的酒会上，在场的每一位女士都获得了由克里斯汀娜担任绘画设计的冬夏的 H&H 女性创意锦囊，大家一起为冬夏干杯。

"冬夏姐，谢谢你！如果不是你，这次我恐怕真的要梦断北欧了！"可可由男友维克多陪着，过来向冬夏敬酒。

"毕业后有什么打算？"冬夏和她们干杯。

"我和维克多已经商量好，拿到学位我们就去美国。维克多说他更喜欢美国学术的专注和自由。何况，和他一向亲近的姐姐家也在那里。"可可甜甜地笑起来，看看维克多。

"我虽然没去过美国，但对很早以前就看过的美国《探索》系列留下了很深的印象，这也可以说是我的中学时代关于世界的启蒙吧！"冬夏说着笑起来，"预祝你们心想事成。可可啊，去美国了，可要好好生活啊！"冬夏语重心长地看看可可。

聪明的可可立刻听懂了冬夏话里的深意。她使劲儿点点头。

重归于好，沐浴在爱河里的丽卿和安德士满面春风地走过来。冬夏看着她，丽卿满眼赞许，两人什么也没说，只是互相使劲捏了捏彼此的胳膊，一切尽在不言中。

"咦，卡莱呢？"在家安心养胎的半夏久不出来走动，大家也不愿打扰她，发生的一切都不知道。

"说曹操，曹操到！"丽卿刚要接话，个子高高的教授已经一眼瞅到从二楼下来的卡莱。

自从上次从医院出来郑重地和卡莱说了分手，冬夏下定决心不再见他。但刚才在二楼办公室看到卡莱，她的心又止不住"怦怦怦"地猛烈跳动起来。当看到卡莱默默为她做的一切时，她决绝的心又动摇了。

卡莱严肃地慢慢走过来，走到她跟前，从口袋里掏出一只破旧的小熊。那是第一次的雨夜，她从人民大学铩羽而归时，他送给她的礼物。时间一长，仿佛成了他俩爱情的信物，每次打算不在一起时，冬夏都要将小熊还给卡莱。如今，卡莱拉过她的手，再一次将小熊放在她的手心里。

冬夏没说话，从卡莱手里接过小熊，抽出手。

酒会结束，和大家告别后，两人走到桥中间，停下来，趴在栏杆上，看着缓缓静流的水。

过了半晌，卡莱开口道："爱丽丝已经伤好出院了。目前在妇女儿童救助中心。她肚子里的孩子因为母体失血过多，窒息而死，做了引产。不过，也许这对她来说，也算是一个解脱吧。"

两人静默半天不语。

"卡莱，你想过将来的生活吗？如果你找的是一个比你大那么多、逐渐老去，还可能会生不出孩子的女人，你还会一如既往地爱她吗？还会和她在一起吗？"冬夏看着手中的小熊，问卡莱。

卡莱扳过冬夏的身子，认真地看着她："冬夏，人生一定是美好里有苦难，苦难里有美好。挫折让我们经历生活，我们每个人也在经历里成长。孩子是上天的礼物，如果有就有，没有就没有。这世界上不是每一个人都必须要孩子。我虽然喜欢孩子，但相对于知心爱人有趣的灵魂，有没有孩子对我来说不是那么重要。冬夏，你所担心的那些都不重要，两个相爱的人在一起不是更重要吗？我只知道，和你在一起，我是快乐的，我们能一起发自内心地笑，每天早上睁开眼都在盼望着新的一天到来，这就够了。冬夏，你也是这样吗？"

冬夏听见这些话，对所有的一切都释然了。她觉得情侣之间的即时沟通是那么重要。如果两人早一点袒露心胸，可能就没那么多波折了。但是呢，也未必。彼时的心境，说不定袒露了也未必明白，领悟也未必如此深刻。所以说，爱情路上的每一步都不能缺。

她长舒一口气，看看卡莱，将象征过去的小熊转了几圈，划了一条优美的弧线，抛进了深水静流的约塔河："卡莱，让我们向所有的昨天

追小熊

告别，翻掉过去的一页，开始新的篇章吧！"

"别呀！冬夏！那里面装着准备向你求婚的戒指呢！"看见冬夏扔小熊，卡莱大叫起来，伸手向空中抓，却抓了个空。

"啊，你，你怎么不早说！"冬夏也大叫起来。

两人立刻下了桥，朝小熊飞奔而去。

那天下午的斯堪德纳维亚半岛，瑞典王国西约特兰省哥德堡市约塔河边，人们看到，两个前一秒还衣着光鲜的年轻人，后一秒仿佛进入了魔怔。

他们沿着河流的方向奔跑追逐，褪去所有光鲜的外衣，并将外衣扔在地上。

最终，在波罗的海的季风里，赤裸得像要挣脱所有无形桎梏飞起来的两人，下了水，向河流中一个时而浮沉、时而隐现的发光体，不顾一切地游去。

俳句作者简介

Tore Sverredal，中文名唐瑞龙，瑞典歌德堡歌剧院男高音。俳句诗人。

Tore Sverredal, tenor is educated at the Gothenburg Academy of Music and since 1997 has been employed by the Gothenburg Opera Choir. Haiku poet.

插图作者简介

王彦迪，中国插画师，瑞典查尔姆斯理工大学建筑学研究生在读。课余时间创作插画已经有四年。建筑学的视角有助于让插画充满人性，绘画又可以让建筑的设计充满艺术感。

Yandi is a Chinese illustrator and currently studying Architecture in Chalmers, Sweden. He have created illustration for four years.

The architectural perspective helps to make the illustrations full of humanity, and the paintings can make the architectural design full of art.